轍《わだち》の声

多数奇異《タスキー》

文芸社

轍の声　目次

轍《わだち》の声

登場車名

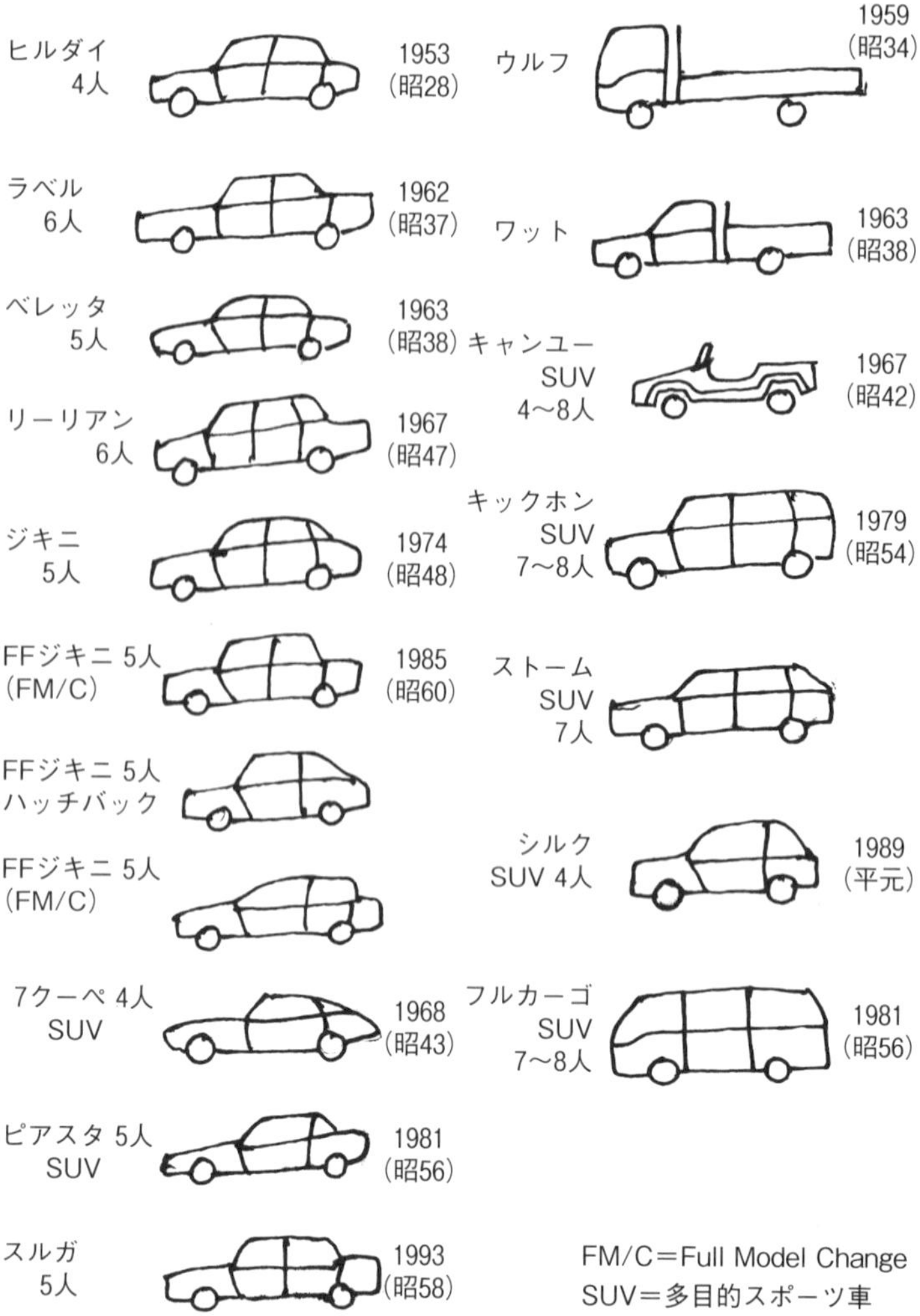

FM/C＝Full Model Change
SUV＝多目的スポーツ車

(1) 終末ドライブ

一段と加速すると、背中に圧迫を感じる。加速は運転の醍醐味だ。車は人生を楽しくしたか、素通りしたか、この年になっても未だに分からない。スピードアップが生活を豊かにしたのか、忙しくしたのか、これまた分からない。分からなくていい。今は老人ホームに向かって孫娘と一緒にドライブだ。自分にとっては、人生最後のドライブを孫娘とともにできるだけでも幸せだ。

「おじいちゃん、ブレーキを早く踏んで……」

「おっと！　スピードが出すぎたか、気を付けなきゃ、いけないな……」

やや急ブレーキ状態だったのか、今度は体が前のめりになり、シートベルトが肩に食い込んだ。マイナスの加速度を感じる。

「おじいちゃん、気を付けて、ビックリブレーキは嫌だってば！」

「ごめん、これが最後の運転だから、かんべんしてね」

「おじいちゃんは、自動車メーカに勤めていたんでしょう。だから運転は得意なんでしょう。

だったら自動車の運転は慣れていたんじゃないの？」

「加乃子、運転は上手になったかな？　私より若い分、反応はいいだろうけれども……」

「まだダメ。免許取りたてだから、運転すると冷汗ばかり出る……」

「そうだな。免許取りたてが一番危ない。十分注意して運転しなさいよ」

「おじいちゃん、老人ホームからの帰りは私一人になるんだから、どうしても、運転して帰らなければならないのよ……」

「そうか、そうだったな。気を付けて帰ってくれよ……。あっはっははは」

突然、大型バイクが右から追い越しをかけてきた。高速道路を離れ、上りの町道に入り、間もなくのことだった。

「危ない！　あのバイク。スピードの出しすぎでしょう」

「本当に危ない。こんな曲がりくねった山道でのオーバースピードはものすごく危険だ」

「おじいちゃん、こういう場合はブレーキをかければいいんでしょう？」

「いやいや、とんでもない。もしブレーキをかけたら、バイクと一緒に、すっ飛んで行ってしまう」

「すっ飛ぶ？　飛行機みたいに。まさか」

「そうだ。制御不能の飛行機のようにすっ飛んでしまう。それに、直線路と同じスピードで曲がり角は曲がれない。この点、自動車を運転する人は、けっして忘れないことだ」

「曲がり角？」

「ヘアピンカーブは、さらに危険だ」

「ヘアピンカーブ？」

「そうだ。ヘアピンカーブは停止寸前のスピードで走るべきだ。特に初心者は気を付けなければならない。だから、カーブでのスピードに慣れるため免許取得後は一年くらい細心の注意が必要だ」

「へー。そうなの？　すると、あのスピードバイクは大丈夫かしら？」

「あのスピードでは、たぶん途中で転倒しているだろう」

「予言できるの？」

「おじいちゃんはな、加乃子、自動車の技術屋だったんだ。それくらいのことは分かるさ」

「本当？」

曲がりくねった林道は対向車も少なく、自然に溶け込みながら走るのは爽快だ。

と、その時……。

「あ、おじいちゃん、前を見て、あのバイクが逆さまに刺さっている」

「バイクが刺さる？　あ、本当だ。やっぱりやられていたな……。早いな、パトカーがもう到着して、仕事をしている」

バイクの若いドライバーはガードレールに激突する寸前に飛び降り、かすり傷程度ですんだようだ。黒革のバイクスーツを身に付けた頑丈そうな男は、しょんぼり立っていた。

黒革の手帳を片手にした交通警察官が頼もしく見えた。

若い男には、しばらく辛い時間が続くに違いない。

おじいちゃんと加乃子の車は、パトカーの脇を、微速ですり抜けた。

「加乃子、見た？　怪我が軽そうでよかった」

「運転は難しいのね。怖いわ」

「怖がってはいけない。自動車は非常によくできているから普通に運転すれば難しいことはない。けれども、自分は運転が上手《うま》いと思ってはいけない。自分がエキスパートになったと思ったときが最も危険だ」

「なぜ？」

「それは、やはり、地球の引力を超えるような強引な運転操作になるからだ」

「何を言っているの？　地球の引力って何？　ときどき、おじいちゃんは訳の分からないことを言うんだから……。老人ホームに入所しても気を付けてね」

「要するに車を引力でひっぱり切れなくなり、地面から剝がれて飛んでしまう。急カーブでのスピードオーバも同じことだ」

「まだ分かんない」

「すまん、すまん。技術屋の知ったかぶりが出てしまったかな。伝えたいことはな、加乃子、運転は下手《へた》だと思い、周りに注意しながら運転しなさいと言うことだ。まずは1年間、注意に注意だな」

「おじいちゃん逃げないで、もっと地球の引力の話を詳しく教えて。真面目に聞いてるのよ！　それでもさっぱり分からないんだから」

「そうか、それでは高速道路でよく起こる多重事故について話をしよう」

「多重事故？　10台以上も激突することもある、あの重大事故のこと？　あれが引力と関係があるの？」

「ある。大ありだ」

ここでおじいちゃんは得意気な顔を見せた。孫の加乃子は年寄りの言いたい放題がシャクに触った。

「分かっているなら、もっと分かりやすく教えてよ」

「教えてという言葉は長らく聞かなかったな。久しぶりに耳に響く言葉だ」

加乃子は巧みな祖父の受け答えに引き込まれていた。

「自動車は急には止まれない、ということは知っているね」

「知っているよ、おじいちゃん」

「うん、ここが一番難しいのだが……、ここで質問」

「？」

「今、高速道路を走っている乗用車が、全力でブレーキをかけたとして何mで止まるかな。そうだな、加乃子が全力でブレーキペダルを踏んだとして考えてみよう」

「うーん。車は急には止まれないから……、私なら70mくらいで止まると思う。今まで全力で急ブレーキをかけたことはないけれど……」

「70mか……。いい線いっているね。とするとブレーキ開始点から前方70mの間に車が停車していたとすると、その車に必ず衝突してしまうだろう」

「ふーん、本当？」

「本当も本当だ。実際に、多重事故がたびたび起こっている。いわゆる玉突き事故だ」

「まだよく分からない」

「それなら、こう言おう……、前の車がハンドル操作を誤り側壁に衝突して、突然急停車したとする。そうなったら、後ろ70mの間を走っていた車全部が衝突してしまうに決まったようなものだが……」

「あ、そうか。70mの間に乗用車が5台走っていたとすると、5台とも衝突してしまうのね」

「そう……。少しは分かったようだね」

「うーん。そしたら冬の東北、北海道の高速道路も同じなの？」

「うーん。冬の北海道は、さらに厳しいぞ。理屈は同じだが、冬の凍結道路は70mでは止まらない。条件の悪さによっては数百メートルでも止まらないことがある」

「条件の悪さって、何？」

「道路が凍結したうえ、地吹雪で、前が急に見えなくなったときなどだな。想像つかないね。見えない、止まらないで……」

「そうか、その悪条件が重なると、50台くらいの多重事故も起こるのね」

「少しは分かったな？　いずれも地球の引力が関係しているんだが……」

「また、地球の引力みたいなことを言う。分からなくなってしまう。知ったかぶりはやめてー」

「ごめん、ごめん。結論は加乃子のドライブは車間距離を長く取り、1年間は用心して運転しなさいということ……」


山道を走り続け森林を抜けると、老人ホームは間近だった。

「私のドライブは終わりに近くなった。人生を猛スピードで走ってきた感じがする。そろそろ最後のブレーキペダルを踏むことになるな」

⑵ ３変人部屋

赤ん坊は誰が見ても同じように可愛い。老人はそうは見えない。一人ひとり個性丸出しで違って見える。

老人ホームの施設長の面接を受けたとき自動車会社出身で、エンピツを削りながらトラックの設計図を書いたことがあると話したら、あだなを「エンピツ」と決められた。

「エンピツさん、自動車関係の仕事を経験されたとなると、ちょうどいい仲間がいる。どうかな？　３人部屋で生活してみなさい」

くたびれはてて見えた医者兼務の施設長は入所者に対しては命令口調である。

加乃子には施設長がゾンビに見えた。

介護士に案内されて大きなエレベータに乗り３人部屋に向かった。

孫娘の加乃子はあたりを確認しながら介護士の後ろから従った。

老人ホームの１階はリハビリ器械が充実していて、オープンスペースとなっている。奥のほうが食堂である。バスルームもあった。

2階は普通状態に近い老人用の部屋、3階は低空飛行の老人のための部屋となっている。3階の入所者部屋は外から鍵がかけられる。各階にはナースセンターがあり、看護師、介護士など施設職員が、忙しく働いている。

介護の仕事には口に出せない厳しさがあり、ほとんどの職員が腰を痛めている。腰を痛めていないのは施設長と事務の職員程度かと、これらは案内中の介護士から聞かされた話だ。

「エンピツさん、お部屋の2人は運転達人さん、本音元気さんと呼んでいます」

「え？　やはりあだなですか」

「施設長はあだなをつけるのが生き甲斐ですから……。少しでも施設内を明るく、朗らかにと思ってのことでしょう」

「2人はどのような仕事をしてこられたのですか」

加乃子が聞いた。

「知りたいですか、部屋に行けば、すぐ分かりますが……」

部屋に入ると、1人が、何かを手にして、玩《もてあそ》んでいるのが見えた。運転免許証だった。さすが施設長、運転達人と呼んだのに合点がゆく。

もう1人の人のベッドの回りには分厚い本が1冊置かれていた。自動車六法の本だ。今でも中身を読んでいるらしい。

運転達人が案内役の介護士に聞いた。

「何という人だい……」

「エンピツさんと呼んでください」

「ふーん、エンピツさんね。いいだろう。窓から富士山が見えるよ……、世界遺産だ」

「エンピツさん。この人が運転達人さんであちらが本音元気さんです。仲良く、よろしくね」

介護士は一通りの生活ルールを加乃子に説明しナースセンターに戻った。

3人揃った部屋はしばしの静けさを保つ。

「おじいちゃん、私帰るね。達人さん、元気さん、エンピツおじいちゃんをよろしくお願いします」

加乃子の言葉に、2人は軽くうなずいて応じた。加乃子が去ったあとは、3人とも無言の地蔵様になっていた。共に老人だという共通点だけで、すぐに仲良くなれるわけもなく、静かに時間が過ぎていく。

相当の時間をおいて、3人部屋担当の介護士が飛んで来た。

「達人さん、元気さんは、そう呼ばれて喜んでいるようですが、エンピツさんはどうですか、気になさらないでくださいね」

「いっこうにかまいません。エンピツひとつで自動車の図面を描いてきましたけど、3Dプリンターの時代でも、やはりエンピツは必要でしょう」

「あら、自動車の設計をしていらしたの？　すごいわね。あら、言い忘れていた。夕食です。食堂へ集まってください」

「自動車メーカーはどこ？」

元気君が口を開いた。

「…………」

突然の問いにエンピツ君は少し間があいた。

「夕食を食べたあとにしよう」

達人の言葉に3人ともうなずいた。エンピツ君はこれから自分と2人の間で話が合いそうな予感がして、わくわくしてきた。

(3) 人助けトラック

本音元気君、運転達人の2人は食後直ちに自室に戻った。これまでは50インチ超え画面の薄型テレビのあるロビーに立ち寄るのだが、今回は違った。エンピツ君はすでに戻っていて、身の回り品を整理していた。

「エンピツさん、どこの会社に勤めていたの？」

運転達人の質問はあからさまだった。

「たまが自動車㈱です」

「たまがでどういう仕事ですか」

「最初は設計で、あとは営業とか色々やってきました」

「へえ、設計ね。設計では何をしたの？」

「トラックの設計です……」

ここで達人はエンピツ君の言葉を遮った。

「たまが自動車のトラックならば、言いたいことがあるんだ」

達人はさらに続けた。

「太平洋戦争も終わりに近付いたときの話だ。戦地でトラックを運転していたんだが、最後まで走れたのが、たまが自動車の全輪駆動車だった。ほかは退却途中で動けなくなるのが多かった。なんとか逃げ切れたのがたまが自動車製のトラックだった。気が付くと、ほかは敵に追いつかれ、襲われた。おたくのトラックは故障もなく逃げ切れて、助かることができた。運転した本人が言うのだから間違いはない」

「ふーん、そうだったの。たまが自動車に命を救われたんだ」

元気君も感激だ。

「聞いたことはあったけれど、運転した本人からの話は、本当にすごい。嬉しい話ですが遠い先輩がやった仕事です。ところで、その時、ブレーキはよく効きました？」

エンピツ君は気になる点を聞いた。

「退却中はブレーキどころではなかった。ステアリングハンドルにしがみ付いて、ただひたすらに走れればよかった。フットブレーキはブレーキライニングが磨り減って、キーキー音を出していた。今思い出してもぞっとするけれど、たまが自動車には感謝したな」

「戦地へ行ったとなると、達人さんは大正か、そうでなければ昭和の初めの生まれだね？」

元気君の計算は早い。さらに達人が言う。

「急拠召集された少年兵だった。あの時のエンジン音は今でも耳に残っている」

「ディーゼルエンジンですね。そうか、ディーゼルエンジンはいったん動き出すと、バッテリーが不能になっても、回転したんだ。ガソリンエンジンは電気系統が不具合になると、停止してしまう。またディーゼル車は、水たまり道路も走破できる」

「そうか、それで生き残れたのか！」

エンピツ君の説明に達人が納得。

「ディーゼルエンジンガバナーも故障しないで機能したんだ」

エンピツ君はつぶやいた。

「ずいぶん詳しいね、エンピツさんは……」

元気君も何か言いたそうだ。

「運転達人さん、最前線から逃れ、国に帰って、どうしました」

「帰国して自動車の運転免許を、すぐとった。占領米軍から払い下げられたジープを持ち込んで、自動車運転試験場で受験して免許を受けたのを、はっきり思い出す」

「大型免許ですか」

元気君の質問だ。

「もちろん。大型二種です」

達人は元気君との話にのめり込んだ。

「確か免許が、大型と普通に分かれたのは昭和31（1956）年だ」

元気君は法に詳しい。

「確か、米軍ジープは意外とエンジン排気量も大きく、大型車扱いになっていた。したがって昭和31年以前に、ジープで取得した免許には、昭和31年以降自動的に大型二種が与えられている」

「大型二種免許は営業バスも運転が許される。路線バスや長距離輸送トラックを運転したのは忘れられないね」

達人は昔を思い出していた。

「達人さん、トレーラも運転したように見受けるけれど、どうですか」

元気君の質問は率直だ。

「トレーラ免許は会社が取らせてくれた。進駐軍から払い下げされた軍用車をトラクタに改造してセミトレーラバスを牽引《けんいん》していた。それを運転したなあ。JR蒲田駅から羽田飛行場を往復する路線バスだった」

「終戦直後は自動車の製造が禁止されたので、トラックが不足し、アメリカの軍用車を改造して、間に合わせたんだ。間もなく自動車の生産が許されるようになったようだけれど……」

元気君の解説だ。

「当時の東海道は未舗装の砂利道が多く、箱根越えは大変だったのを覚えている。トラックは最大積載量6トン車が主流で、時速約40㎞で箱根の峠を登り下りした。よく運転をしたと思うね」

「達人さん、大変だったでしょう。ところでオーバロードはありました?」

元気君の質問は真面目だ。

「オーバロード? その当時、その感覚はなかった。荷台には積めるだけ積み、さらに運転台の屋根にも荷物を積んで走っただけだ」

「路線バスも、そうそう、リヤバンパーに足を引っ掛け、ぶら下がり乗りをしていたらしいですね。新宿駅、上野駅などで、戦地からの引揚者があふれていたときでしたか」

エンピツ君の子供の頃の風景だ。

「電車や列車でも大変な混雑だった」

元気君は熱くなっていた。

「オーバロードとなると、ブレーキの効きが心配になるけれど……」

エンピツ君の技術屋根性が頭をもたげてきた。

「ブレーキの効き？　箱根越えでブレーキを使いすぎたら、命取りになる。下り坂ではエンジンブレーキを使うのが常識だ。ここでもたまが自動車のディーゼル6トン積みボンネットトラックはよかった。ディーゼル車はガソリン車より、エンジンブレーキが効き、燃費もよかった」

達人の話を聞いてエンピツ君は黙っていられなかった。

「それそれ、その6トン車の設計の隅《すみ》をエンピツで書いていたことがありました」

(4) 研究部普通車設計課

食事を終えて、居室の窓から、富士山を見ているエンピツ君とは別に、運転達人は運転免許証を手にしながら……。

「東海道をトラックで走っていると、富士山の色々な姿が見えた。富士山に見守られながら走っていたんだ……」

「その免許証は今でも使える?」

遅れて入って来た本音元気君が聞く。

「もちろん有効だ」

「大型二種免許なら、バイクから小型、中型、大型、バスすべてが運転できる免許証だから、達人さんが大切にするのは当然だな」

「元気さん、免許証は車があってこそ生きる。エンピツさんの話を聞きましょう」

「あ、そうだ、たまが自動車で活躍していた頃の話をしてください」

元気君は達人の言葉に同調した。

「何から話しますか」

「当然、新入社員当時からにしたら……」

元気君のリードに乗ってエンピツ君は話を始めた。

「たまが自動車は入社した昭和33（1958）年に倍額増資に踏み切った。資金は乗用車展開に使うためだった。神奈川県の藤沢に大きな工場を建てるためだ」

「そうすると、エンピツさんは乗用車の設計者になったんだ」

達人は先走り過ぎたようだ。

「違う。川崎工場にあった研究部普通車設計課に配属された。同期生5人の技術屋が同時配属になった」

「5人同じ課に配属？　その当時として、多い？　少ない？」

元気君は多いなと思っていたようだ。

「多かったようだ。その時の課長は人望のあった人だった。同期5人は一緒に人望課長の面接を受けた。自己紹介があったが、その際の5人が言ったことは今でもかすかに思い出す」

「何か立派なことを言った？」

「いいや、全然そんなことはない。1人は山登りが好きだと言って山の唄を高らかに歌い上げた。北海道から2名、1人はすでに学生結婚をしていて、腎臓がひとつしかない、背中に大きな手術跡があると言った。もう1人は何事にも動じない哲学者的な人だった。東京出身のロマンチストは芸術・演芸などに興味があったらしい」

「エンピツさんの自己紹介は何でした？」

元気君は合の手を入れた。

「口ごもりながら……、僕は人間が好きです、特に女が好きですと口走ってしまった」

「へえ、課長は、あきれ返ったか、びっくりしたか」

達人も口をはさんだ。

「そのどちらも当たっているかも……。あとで聞いたことだが、人望課長が戻って課員に、今年配属された新人は、珍しくとんでもない奴らだと言っていたそうだ」

「新入りを5人ももらえて、飛び上がるほど嬉しかったんだ。その人望課長」

「元気さん、私もそう思う。今考えると、人材がトラックなどの普通車から乗用車設計にシフトされて、人望課長は涙をのんでいた時期だったことは間違いありません」

エンピツ君は最初にお世話になった人望課長に思いをはせた。しばらくして、同期配属者の仕事の割り振りの説明を始めた。

「腎臓ひとつの北のアイデア君はバスグループ。後に小型設計グループに移り、離れ駒のような立場に立ち、小型4WDの新装置などを考案していた。小型2トントラックの後輪を軽自動車級の小径ダブルタイヤに変えたのも北のアイデア君の仕事だ。

哲学者と山男は当時大ヒットしたTX6トン積みトラックグループ配属、哲学者は後日会ったとき、藤沢工場の乗用車塗装部門を担当していたが、塗装設備が貧弱で苦労していた様子だった。

山男は後に研究部長になったが、大型車系のブレーキ強化に携わった。

ロマンチストはトランスミッションの機構グループに入ったが、理論強度と現物とのギャップの大きさに戸惑っていたようだ」

「エンピツさんは何をしたの？」

「まあ、ゆっくり聞こう。年寄りは時間が腐るほどあるんだから……」

達人と元気君のやりとりを聞きながら、エンピツ君は話し続ける。

「人事は間違って、口の重い私を研究部門に配属させたと思っていたので、与えられれば何でもやるつもりだった。事実、入社時に行われた各部門担当重役を前にしての、新入一人ひとりの面接のとき、研究部担当重役から、開発はどうかねと問われて、何でもやりますと応じた記憶が思い出される。本当に何でもやるつもりだった。

そして命ぜられた設計での仕事は、これまでたまが自動車が手掛けていなかったキャブ（運転台）の開発を分担するというものだった。

当時のトラックの運転台は街のボディーメーカーで製作されていた。たまが自動車の工場から出荷された裸シャシー（車台）の上に堅木を骨組みし、鉄板を張って運転台を作った。まさに、手作りのカスタムキャブで、ユーザーの要望を受けて作られた」

「乗った、運転した。箱根を越えた車はまさにその木キャブだ。キャブ内は暖かみがあって、気分良かったね」

達人は昔を思い出し、懐かしい気持ちがよぎったようであった。エンピツ君の話は続く。

「その街製作のキャブを、たまが自動車川崎工場で載せて、キャブ付きシャシーとして出荷する。その計画の最中に、スチールキャブ設計グループに配属された」

「キャブ製作組立は川崎工場でやったの？」

さすが元気君は鋭い質問をする。

「川崎工場でキャブは作れない。キャブ製作組立は、神奈川県を走っている小田急江の島線の鶴間駅のすぐ近くにあった大鶴車体工業㈱で行った。

鋼板は産業プレス工業㈱でプレス加工され、大鶴車体工業に支給される。

大鶴車体工業はたまが自動車と産業プレス工業との共同出資会社であった。

産業プレス工業は厚板のプレスだけでなく、１㎜前後の薄板鋼板の市場にも進出したいという思惑があったと思う。大鶴車体工業の社長および設計課長と係長は産業プレス工業からの出向者だった。ほかの部署にも出向者がいたと思うがはっきりとは分からない」

「大鶴車体工業にキャブ設計課があったんだ……」

元気君はビックリしたような顔をしていた。

「元気さん、そうです。キャブ図面は大鶴車体工業で描かれ、たまが自動車でその図面を承認し、それがたまが自動車の購買部門を通し、承認図として大鶴車体工業に戻される仕組みになっている」

「へえ？　いちいち面倒なんだ」

元気君は言いたい放題だ。

「その面倒と言われた承認図に承認印を最初に押す仕事が与えられた。あとやさしい主任、下士官的主任、考古学好きの係長と印が続いて承認図が発行された。当初の図面は青図で、間もなくコピーが可能な白図に変わった。印を押された承認図は必要とする部署や協力メーカーに支給され活用された」

「大鶴車体工業からのパネル図面にエンピツさんは、黙ってハンコ押したの？　役人みたいに何日も何週間も放ったらかしにしたんじゃないの？」

達人は運輸局や警察の輸送申請手続きを思い出していた様子である。

「役所は実態が分かるまで、どうしても時間が必要だ」

元気君の言い訳はめったにないことだ。

「大鶴車体工業設計課には、ピチピチの若手が三名ほど、原寸大のキャブ線図を前にしてパネル図を描いている。その図面に一度たりともケチを付けなかった。送られてきた承認図を、ただちに発行した」

「図面に間違いはない？」

元気君の本音だ。

「間違い（？）ある。ただし図面は直され、改めて送られて来るので、それをすぐ発行するから大丈夫。仕事は図面に頭が6の番号を順番に付けハンコをすぐに押して発行した。社内各部署に配布された承認図は、材料手配、技術改善、原価計算などに活用されていたらしい。詳しいことは分からないが、トラックが増産に続く増産になったとき、川崎工場のシャシー組立ラインの仕事を可能な限り、大鶴車体工業に移している」

「例えば、どんな装置を移しました」

元気君の質問が追っかけてきた。

「大きく見ても、メーター類、ステアリングコラムやペダル類などが大鶴車体工業に支給されていたように覚えている」

「なるほど、それら装置は大鶴車体工業で組み、終わりにするわけだ」

元気君、ようやく納得したかに見えたが、次の質問は的を射ていたようだ。

「すると大鶴車体工業の稼ぎは組立てビジネスしかないように思えるが……」

「その通りのことを大鶴車体工業の幹部社員に、面と向かって、言われたことがあった」

「エンピツさん、それは嫌味だな」

「達人、その考えは単純すぎる。大鶴車体は、当初、スチール製の運転台を組み立てる目的の会社なのだから、組立業で儲けることが主業務なのは当然でしょう。もっとも、大鶴車体工業も設計部門をかかえているのだから、いつか自分で部品を開発するのではないかな」

「さすが元気さんですね。その考えをはっきりもっていたのが、大鶴車体工業の頑固一徹社長だった」

「やはりいましたか、そういう人……」

「元気さん、いました。考古学係長の指示で、大鶴車体工業の設計課を週何回か訪れていました」

「指導に行かされたんだ、きっと」

達人は相変わらず単純だ。

「それは違う。大鶴車体工業の要請があったんだ、きっと。承認図にバツが付かないように考えたんだ」

「二人とも、何を言っているんですか、大鶴車体工業設計課を指導したことも、承認図にケチを付けたことも一度だってありません。訪問したときは、キャブの原寸大の線図が描かれたアルミ板の上で居眠りしていました」

「居眠り？　そうですか、はっははは……」

「エンピツさんは眠たがりなんだ……」

達人、元気君は久しぶりの大笑いをした。

「設計の若い連中に、眠っていてくださいとまで言われたのを覚えています」

「エンピツさんが眠りたがりなのは分かりました。どうぞ話を続けてください」

エンピツ君は話題を元に戻した。

「大鶴車体工業の頑固一徹社長と設計課で会ったとき、夕食をと寿司屋に誘われた」

「下請けの社長はエンピツ君に気を使ったんだ」

元気君も同じ考えだったようだが……。

「それもないわけではない。しかし頑固一徹社長は若い設計者たちを必ず同行させた」

「そうか、社長は、若い設計者たちを激励していたんだ。エンピツさんが役に立ったんだ。ようやく飲み込めたよ」

元気君はややすっきりしたようだ。

「ある時、社長は大鶴車体工業の将来を話してくれた。3つの将来を語ってくれた。ひとつは、プレス加工に欠かせない金型工場の建設。次は従業員の福祉の充実。内容は持ち株会の発足と、将来のための企業年金制度の新設。最後は自社ブランド商品の開発・推進」

「そんな話、エンピツさんが聞かされたの?」

元気君はびっくりした。エンピツ君は話を続けた。

「金型工場は、道路をはさんで、建設された。明らかにパネル製作を自社に取り入れるのが目的だった。次の自社株持ち株会と企業年金基金の二大制度も発足させた。もちろん、従業員のやる気と成長を期待してのことだ。最後の自社ブランド商品は電気自動車の開発だ。鉛蓄電池型の構内運搬車としてたまが自動車の工場内でも活躍した。金型工場は乗用車生産の進出をも見込んでいるとも、言っていた」

「さすが頑固一徹な社長ですね」

元気君が感心している。

3人部屋に介護士から3時のおやつの知らせがあった。

「おやつは果物のゼリーかな？」

達人のつぶやきに2人は反応を示さず、無言で食堂に向かった。

(5) 投資なしで設計開発せよ

「エンピツさん、トラックの話がないな」

運転達人が言った言葉に、本音元気君も追っかけた。

「そう思う。大鶴車体工業の社長が頑固一徹だったことは分かったけれど、エンピツさんが設計したトラックは何だったのか、さっぱり聞かされていない」

「あー、そうですね。それでは話をしましょう。最初に、入社時の研究部門の体制を思い出す限り話しましょう。

設計は、大きくエンジン設計課、普通車設計課と特殊設計課の3つに分かれていた。研究は、車両実験課と電装品課があったと思う」

「特殊設計課は何をしていた？」

達人は不思議に感じたことを、すぐ聞く。

「達人の疑問の通りで、㊙の開発をしていたので、特殊設計課となったのかもしれない。その設計課は、乗用車と小型トラックを開発していた。乗用車は、手始めの仕事として、イギリスの小型乗用車メーカーと提携しヒルダイの小型乗用車の設計。当時の大森工場で、最盛時1000台前後売れた乗用車。それから、小型2トントラック・ウルフの設計開発。もうひとつは、栄光の車、ラベルの開発設計の開始などが社運をかけて行われていた」

「そうか、たまが自動車は、小型トラック・乗用車も開発したくなったんだ」

達人は率直に考えたようだ。

「当時の運輸行政は、自動車業界をトラックと乗用車に大別しようとしたらしい。さらに大型トラックメーカーを、大型トラックと普通トラック、中型トラックに分けようと考えたふしがある。これはたまらないと、トラックメーカーは乗用車開発を急いだ時期があった」

元気君はさすがよく知っている。

「そうかもしれません。乗用車も、小型トラックも、最初からのスタートなので体制が定まるまで……ということかもしれない。

どちらにせよ、普通車設計課は人員を絞られたのは間違いない、そして、そこで社の主力車種の6トン積みボンネットトラックが設計されていた。最初はキャブのない裸シャシーで出荷されていたが、ボンネット部分をモデルチェンジし、さらに新しいスチールキャブを搭載したら、これが大ヒットした。

そのボンネットのフロントボディーとキャブの設計を受け継いだのが最初の仕事でした。考古学係長は、これから君を薄板の設計者にするぞ、と言っていた。

その頃、輸送業界は活況にわいていたが、市場は積載量6トンから8トン、さらに10トンへの移行が見え隠れしていた。またボンネット型より荷台が長くできるキャブオーバ型の要請も隠れていたのは間違いないと思えた。

そこで考古学係長はもう一つの仕事の命令を下した。

――エンピツ君、8トンのキャブオーバ車のキャブを投資ゼロで開発してくれ！――」

「え、本当？　投資ゼロ？　それでできるの？」

「達人、話を聞きましょう。……ちょっと待って……、ところで販売計画は月何台？　エンピツさん」

「月50台の企画で進められていた」

「今ボンネットの大型トラックは見られないね」

「達人、今じゃない。エンピツさんは昭和30年代の話をしているのだ！」

「設計図は大鶴車体工業のあの設計者たちが描いた。ただし生産は、場所を詳しくは思い出せないが、田高工業㈱で行った。

田高工業は手たたきの板金ボディー製作が得意で、他の自動車メーカーの仕事もたびたび請け負っていた」

「仕事はエンピツさん一人？」

達人の質問に、今度は無言の元気君だった。

「入社したときは、上にやさしい主任と下士官的主任に色々とリードしていただいた。大鶴車体工業から送られてきた図面を、頭6番の部品ナンバーを付け、部品名を英語で記入し、即座に図面管理グループに手渡した。

この仕事が、主力の6トンボンネットのキャブや新型8トンキャブオーバのキャブの二車種になった。8トン車の設計図は田高工業にも届いていて、その工場にも出向くようになった」

「エンピツさん自身は承認図にハンコ押すだけ？」

元気君は、本気になって本音を吐いた様子である。

「元気さん、役所と違う。民間は一人で何でもやらないと生きていけない」

「これは失礼、達人も、一人で、車を運転して生活してきたんですね」

「それほどでもないけど……」

達人は少し照れているようだ。

「達人、エンピツさんの話を聞きましょう。図面も描いたの？」

「図面（？）描いた。計画図も設計図も描いた。下士官的担当上司の計画図を元に数十点の図面を描いたこともあった。TXボンネットはアリゲーター（鰐《わに》）の口のように開く構造になっていたが、そのヒンジ（蝶番《ちょうつがい》）とスプリングの設計図を描いた。折れた助手席のアシストハンドルのブラケットやステアリングコラムの取付部品など、指示されながら描き続けた。

大鶴車体工業設計課の要請で、エア取出口の計画図を描いて渡したこともある。

8トンキャブオーバのキャブはチルト（前方に倒す）方式を採用したため、持ち上げるスプリングやその受け皿を設計した。

パネルの設計のほか、シャシーフレームや電気ハーネスや全体配線図も指示されて描いた。パワーステアリングも用意した。

数年ほど過ぎると、やさしい主任と下士官的主任が、小型乗用車設計グループに異動し、気が付いたら、一人で二つのプロジェクトにかかわっていた。6トン積みボンネットのキャブとフロントボディーそれと8トン積みキャブオーバトラックのキャブとシャシー全般を知らぬ間に背負い込んでいた。

ボンネットキャブが量産試作のあと、ラインオフする際は、酒好きで芯の強い主任について、無事組立てラインに流すことができた。川崎工場の主力車種であり、たまが自動車の利益の元の最大積載量6トンのトラックはキャブ付きでモデルチェンジした。その頃、若手を一人応援につけていただいた記憶がある。

月50台目標の8トン積みキャブオーバ車はシャシーごと試作車が完成した。若干の設計変更を加えて、ラインオフにこぎつけた」

「どう、売れた？　その8トン車？　もっとも月50台が限界か」

「まあ、聞きなさい、達人。しかしエンピツさん、投資ゼロは達成したの？」

「駄目でした。手たたき板金でも、丸くふくらんでいるルーフ（屋根）の隅とか、広い鋼板のドラミングを防止するための溝模様の製作は、どうしても手たたきハンマーの受けのための金型が必要だった。田高工業の設計は約700万円の金型代がかかったと言っていた」

「そうだったんだ。しつこく聞くけれど、たまが自動車の8トンキャブオーバ車は、売れたの？」

元気君は達人の言うまま、黙って聞いていた。

「あっと言う間に50台目標は突破されました。なんとか需要に応えるため手作り増産をしたようだが、とうてい間に合わない。田高工業は活況だったが、改めて量産のためのモデルチェンジを行うこととなった」

「投資ゼロ、目標どころではなくなったんだ」

元気君は冷たく言い放った。

「量産化の場面になり、キャブ生産は田高工業から、大鶴車体工業に移された」

「頑固一徹社長は、市場の様子をうかがっていたんだ。いや、たまが自動車の計画ミスを、横目で見ていたのかもしれない」

達人も思い切ったことを言うものだ。

「それは考えられないな。生産部門というものは、今日の生産達成のために全力を上げるだけだから、ほかに目を向ける余裕はないと思うけど……。実際のところは分からずじまいだろうと思う……。どうエンピツさん？」

「分からないのが本当だろうと、今でも思う。しかし周りの状況を見ると、大鶴車体工業の内情は6トン及び8トンのボンネットのフロントボディーとキャブのフル生産、加えて新進出を目指しての小型2トン車のキャブ生産など、考えると大変だったと思う」

「現場は常に忙しい。同情してもしようがないのではないかな？」

元気君は相変わらず冷ややかだ。

「その通り。大型車キャブのデザイン設計は、ほとんど変えずに、量産化が行われた。市場は猛スピードで、トラックの大型化、キャブオーバ化を急いでいた。6トンから8トン。さらに8トンから10トンへ積載量を上げなければならない。

したがって設計は、8トン2軸車と同時に10トン3軸車を設計することとなった。

その頃、理論派実務係長が上司につき、部下も3人になっていた。

10トン3軸車は後ろが2軸構造で、サスペンションは別のベテラン設計者が開発した板バネリンク型をそのまま使った。このサスペンションはカーゴ（貨物）向けであり、ダンプ車には向かないとされ、ダンプ用シャシーは用意されなかった。ベテラン主任は防衛庁向け全輪駆動車6×6の3軸車の担当をして、後ろ2軸一点支持のサスペンションで苦労していた。そこで、フレームは三点支持式にし、リンクでバランスを取るバネが4組あるサスペンションを開発した。

ダンプ用のショートホイールベースは見送り、ロングホイールベースと中間ホイールベースの2種を設計した。もちろん8トンキャブオーバ車も同時進行。合計3車種を係長以下5人で、そして残業はなるべくしないようにして進めた」

「なぜ残業しないの、間に合わないでしょう?」

達人は運転という時間の切りにくい仕事を思い出していたようである。

「部下には入社して間もない者も入っている。人事部からも、入社1年間くらいは残業させないように言われていた。体をこわしたら、それこそ大変だ」

「………」

「………」

達人と元気君は何も言えなかった。

「お2人とも、大丈夫、心配無用です。生産準備の日程内に、8トン・10トン3車種の仕事は終わりました。あとは量産試作車のラインオフを待つばかりとなった」

「1人の薄板パネル設計者が車両全体を受け持つようになったんだ……」

達人が言い終わらないうちに、エンピツ君が、話を続けた。

「量産手配用のいわゆる総組立材料表を発行し、ホッと一息をついていたときだったかな、突然、異動命令がきた。

大森本社にある販売部への異動だった」

「販売へ?　そういうことがあるんだ」

「公務員もないわけではないが、出向というかたちが多いな。上司は止めてくれなかった?」

達人と元気君は不思議がった。

「人事部にいったんは撤回を申し入れた後、かなわないと見て、人望取締役の、人事には逆らわないほうがいいという一言で、決定事項となったようだ。直接の上司の理論派実務係長は3年の後、戻れる約束だと言っていたが、全然本気にしなかった」

「覚悟を決めたんだ」

達人はなんとなく合の手を入れた。エンピツ君は話し続けた。

「グループ5人で、何回か送別会をしてもらった。部下3人には、これから困ったことがあっても相談には応じられないと告げた」

「なぜ?　相談に乗ってあげればいいのに……」

達人は単純だ。

「嫌ですね。『販売は車を設計する所でもないし、造る所でもない。君たちの設計した車を売る所だ。設計ができないからと言って助けられない。自分で乗り切るしかないと言うしかない』と言った」

「エンピツさん、力んでいますね?」

元気君の言い方に、エンピツ君は、ムカッとしたが、話を続けた。

「研究部は外から象牙の塔と呼ばれている。特に設計は全社を動かせる図面を描く権限が与えられている。決して偉ぶってはいけない。ただ設計は工場を動かすために、最初の仕事を与えられただけなのだと思うように言った」

「研究部や設計部は象牙の塔だったんだ」

「中身として、お互いに助け合う仲間意識が、強い部署かもしれないな」

達人と元気君はお互いに顔を見合せながら、2人でうなずいていた。エンピツ君は続けて話をした。

「君たちとは縁を切る。結婚式にも招待しないでいいと伝えた。

そのほか、何ページかにわたって、キャブ設計に対しての思いを書きしるした。大型トラックは乗用車に比べて、生産台数が少ないし、大中小トラックとも、人が乗り降りすることは同じなのだから、ドアぐらい共通にできるのではないか、ほかにも共通化できるものは採用したほうがいいと書き残した」

「その書き置きを、後輩たちは読んでくれた?」

「達人、エンピツさんを冷やかすんでない、その答えは読んだにきまっている……だろうな」

「元気さん、なぜ読むの？」

「答は簡単さ。新入りは、最初何をしていいか分からないから、読むしかないと思う。しかしエンピツさんは、これで、設計図を描くエンピツは、すっぱりと折り、身一つになって販売に異動する覚悟をしたんだ」

⑹ 仰天！　販売で開発せよ

「異動発令日は昭和39（1964）年7月15日だった。その日にたまが自動車本社に出勤した。そして……」

「ちょっと待って、エンピツさん、昭和39年までのトラック市場模様はどうだったのか、思い出す限り話をしてください。そうすればエンピツさんの異動の背景が分かるかもしれません」

本音元気君がいいことを提案したなと、運転達人は思った様子である。

「そうですか。大ざっぱに話しましょう。先に発売した乗用車がいっこうに元気にならなかったのが、たまが自動車の状況でした」

「栄光の車ラベル、四輪独立懸架採用の小型乗用車ベレッタ……運転したな。ラベルのディーゼル車は燃費がよかったなぁ……」

達人は懐かしそうだ。

「達人、小型キャブオーバトラックのウルフには乗りました？」

元気君も車には興味があるようである。

「もちろん、運転した。燃費がよかった。ドアが前開きで、乗り降りが楽だったのを覚えているよ」

「達人、やはり詳しいですね。その通りです。エンジンは2ℓクラスのディーゼルで、確かびっくりするほど燃料代は安かったようです。前開きドアは、次期モデルチェンジで後開きにしました」

続いて元気君が解説した。

「高速道路の建設が進み始め、高速で走る車には安全が求められ、前ドアは危険とみなされたのでしょう」

「栄光の車ラベルはメーカーのみならず、全国の販売店にも期待された。既存の大型販売店はたまが自動車の乗用車の販売網を身を削って展開した。持っていた、人材および土地を乗用車販売用に振り向けた。地方では、既存の施設をやりくりして、ショールームを設けた。

結果、大型車のみを扱う大型専売店、乗用車のみを扱う乗用車専売店、小型トラックのみの小型トラック専売店、乗用車と小型トラックを扱う小型トラック・乗用車専売店、それと大型車・乗用車・小型トラックすべてを扱う併売店が地域の状況に合わせるようにして設立された。

市場の大きい東京地区は、大型車専売店が東京たまが自動車が1社、小型トラック専売店は新東京たまがモーターと数社、乗用車専売店はたまがオート東京南と数社、乗用車と小型トラック販売店は東都たまがモーターと数社などが営業していた。

市場の小さい地方は併売店が多くなっていた。

たまが自動車も出向などで人材を補った。販売のかたちは、乗用車販売の全国展開で整った。

栄光の車ラベルの販売促進・宣伝活動もやった。発売時著名なスポーツ選手をキャラクターとして契約した。

英国の乗用車ヒルダイを学習して開発販売にこぎつけたラベルは、モノコックタイプを採用していた。エンジンは2ℓクラスのガソリン・ディーゼルが搭載されていた。当初の想定販売先は、ヒルダイの実績を読み、上品な走行を期待して、自家用個人向けに限定した」

「そうだったんだ、そんなこと知らずに、ディーゼルラベルに乗っていたんだ」

達人に続いて、元気君も声を出す。

「エンピツさん、他人事だけど、売り先を限定し切れるの？　営業マンは指示に従うかな？

お客さんは欲しいとなったら、黙っていないと思うけど……」

「そう思いますか、ラベルの発売直後のにぎわいを過ぎたら、すぐに販売が生産に追い付けなくなったと思う。大型車販売会社の販売先も狙いうちをし、売ってはいけないとされていたハイヤー、タクシー向けにも販売したと聞いた。価格を無理に下げて売ったらしい。

悲しいかな当時の道路事情は、モノコック構造のラベルには苛酷だったと思う。全国警察のパトカーとして使われたヨタタ製普通乗用車のボディーはフレーム付きと言われるほど、ボディー・サスペンションが丈夫だったと思う。

ラベルのあと、小型乗用車ベレッタが4輪独立懸架で、乗り心地が良いとして発売されたが、売れていたサンニチ自動車製小型乗用車の後軸は、リジットアクスルだった。たまがは、ベレッタの後ろをリジットアクスルにした車型を追加したが、ラベルの穴埋めにはならなかったと思う。

小型トラック乗用車併売店は小型トラックウルフを売って、しのいでいた。乗用車専売店は資金不足になるしかなく、借金生活は間違いない。販売会社は次期乗用車開発を要望し続けるしかなかった。

本体のたまが自動車の内情をみると、利益を生み出している車種は大型車だけ。小型トラックウルフは、市場の地位は固めてはいたが、藤沢工場を背負って立つほどではない。

結局、飯の種は川崎工場の6トン・8トン・10トン積みの大型トラックだった。

しかし、活況だった6トンボンネットトラックは大型化の波を受けたうえ、普通免許が車両総重量8トン未満最大積載量4トン以下に抑えられたことにより、4トン積載車が必要になりつつあるなかで、まさに将来がなくなりつつあった。

8トン車もすぐに10トン車に飲み込まれた。

たまが自動車の10トン車は他社に歯ぎしりさせた6トンボンネットトラック並みの力があるかどうか。

エンジンはと見ると、ほんの少し排気量が劣っている。シャシーはダンプ用のショートホイールベースはない。

市場でたまが自動車の大型車は苦戦している。

それならばシャシーばかりでなく、架装されるリヤボディーにも目を付けよう。ダンプ車ばかり売りたがる体質から平ボディー・バン・冷凍車など、カーゴ車にも強くなりたい。

それには新組織が必要との進言があって、設計から販売に一人の技術屋が異動させられた。

設計するためのエンピツを折り、身一つで営業マンになるつもりで、大森本社の中の販売部に出勤した」

「たまが自動車の本社は、東京の大森ですか、あそこは、工場だったはずだ。乗用車、ヒルダイを製造していた場所でしょう。たまがのウルフで、エンジン部品を納品したことがあった。あの工場でヒルダイを生産していたんだ。思い出すなあ」

達人は懐かしい思いにふけった様子である。

「あの頃は工場のノコギリ屋根の工場が残っていて、部品部、産業エンジン販売部が入っていた。動力エンジンとして梱包されたエンジンが置かれていた」

「エンピツさん、そこで月約１０００台のヒルダイを出荷していたんですか」

「そうです。大森工場は、京浜工業地帯を走る産業道路に近く、物流に不自由はなかったと思います。東京国際空港（羽田空港）にも近いし、ＪＲ大森駅や私鉄京急の大森海岸駅にも近かった」

「達人、よく知っていますね。その通りです。工場と道路をはさんだ、目立たないコンクリート建物が本社で、そこの大部屋を１００人くらいの販売部スタッフが占めていた」

「エンピツ君、販売の大部屋には、どんな気持ちで入りました」

元気君は技術屋が何を考えていたか気になったらしい。

「川崎工場、藤沢工場で製造された車を販売する手助けをしようと決めた」

「それだけ？　もう少し具体的に考えたことは、あったでしょう」

「元気さんにはかなわないなあ。心構えとして、出身の設計・開発の味方はしないし、メッセンジャーボーイにもならない。そして、常に販売側に立って仕事をしようと決めた」

「それでエンピツを棄てて、設計と決別を覚悟したんだ」

「元気さん、分かってもらいました？」

「うん。しかし、それで開発側は納得できるかな？」

「配属された課は、女性社員が1名、中堅の男子事務職員が3名、口の重い技術職が1名、上司は鎌倉からJR横須賀線のグリーン車での通勤をしていたグリーン係長、それに、次長職の資格を持つ、人事部門の福祉厚生課から配転された楽天課長の総勢7人だった」

「課の名称は？」

　元気君は課名から意味をさぐろうとした。

「関連事業課という名称がついていた」

「販売という文字は入っていないんだ。だとすると、何でもできるか、何やっていいか分からないかだな」

「元気さん、さすが元お役人ですね。見るところが違う。そうでしょう、エンピツさん」

「びっくりしました。元気さんの言ったあとのほうにぴったりです。何をやっていいか分からない状態でした。

楽天課長とグリーン係長は、ひそひそ話をするばかり、時々、我々課員に、何をすればいいのか、誰か教えてくれないかね、と言っていた。直属の販売促進部長から指示はあったと思うが、楽天課長は何も言わない。1人で悩み、考えていたようだ。

事務職の3人は、販売の中堅ベテランだから、課の職務が、メーカーの仕事にそぐわないことを見抜いていたと思われる。

1人は販売店の社長になるぞと言い、間を置いて、出向を願い出て、本当に販売会社の社長になった。

2人目は、若手に人気があり、彼らの相談に乗っていたようだ。後に販売本部の重役になった。

3人目は、紹介販売キャンペーンがあると、大森駅に近い銀行を訪問し、2、3台乗用車を成約してきた。事務屋さんは、とにかく、生命力があるなと感心したものです」

「エンピツさんは、どうなの？　仕事を見つけた？」

達人は心配になったらしい。

「販売という仕事は、売る商品を与えられるか、顧客を与えられるかがないと動けない。そして、販売活動にいる資金も必要だ」

元気君は、彼なりに販売を解説した。

「そうなんです。たまがグループの販売は販売会社が行うわけですから、たまが自動車のお客は、全国販売会社が対象になります。したがって、相談を受ける販売会社、あるいは販売会社の窓口を与えられれば仕事になります。商品を与えられれば、例えば4トン車を担当したとすると、4トン車の相談を販売会社の4トン車販売員と話し合いができて、これも仕事になる。一販売会社が対応しにくい顧客、例えば官公庁、防衛庁（防衛省）など、それから全国に広く展開している大手運送会社などは、たまが自動車の販売部門が組織を作り対応する。この場合でも、実際の納入・サービスは個々の販売会社だから、やはり実質の販売活動は販売会社で行う。

こういう観点から、関連事業課を考えた場合、商品も、顧客もない。もちろん、販売会社に相棒となる窓口もない。

口の重い技術屋は何も力を出せないまま、座っていた。しばらくして、リヤボディーの架装メーカーがたまがのシャシーの重さや長さについて、聞きに来るようになった。要するに架装メーカーの技術者にとって、自社の架装物をたまがのシャシーに載せるとき、シャシーの重量・寸法が必要になる。これを知りたいと思うのは当然のことだ。

この仕事が回ってきた。この仕事、象牙の塔の設計はやらない。販売部商品企画に技術屋が何となく応じていたらしいが、新組織ができたのをきっかけに、口の重い技術屋に、振り向けてきた。新車発売の際、その新車諸元（重さ・寸法など認可を受けた諸元）の中で架装に必要なものを揃え、架装資料として全国架装メーカーに送付を始めた」

「やっぱり仕事があったんだ。よかった」

達人の顔が明るくなったように見えた。

「それで終わりですか、まだあるんではないですか、エンピツさん」

元気君はまだすっきりしない。

「さすがだなあ、元気さんは……。どうやら楽天課長は一生懸命だった。

彼に呼ばれて言われた。

『エンピツ君、君は設計で、6トン車のキャブオーバ8トン車などは何度も試作開発してきたんだな。調べたよ。その君がここにいるということは……ここ販売で車を開発しろということだと分かった。

そこでだな、開発費700万円を確保できた。ぜひ開発してくれ……』」

「え？　販売で開発？　何それ……」

達人は素直に驚いていた。

「エンピツさん、本当に何か作ったの？」

元気君は相変わらず、先を知りたがる。

「『エンピツ君、街の集配車にバン化の傾向がある。たまが自動車製の小型トラックバンを作って売ろう。1トン小型ピックアップの荷台を利用して作れば安くできる。やってくれ』と言われた」

「福祉厚生課出身者の楽天課長が、いきなり企画・開発者になったんだ。たまが自動車は、いい会社だ」

「達人。それ皮肉？　人事は分からない。うまくいくこともあるから……。今回はどうだった、エンピツさん」

「即座に、ここは販売だと言って断った。楽天課長は諦めない。重ねて、小型バンの市場は、他社にはルートバンがあるし、軽自動車のパネルバンもある。そこで価格ではとうてい及ばない、やめてくださいと頼んだ。しかしたまがブランドが好きな顧客がいるはずだ、と言って耳を貸そうとしない」

「結局、造った。売れたんですか」

達人はせっかちになった。

「1台、市販ピックアップ車に、磯浜工業製ボディーを載せてもらって、完成させた。量販するには国の新型認可が欲しいので、小型設計部長に電話したら、軽く断られてしまった」

「楽天課長の指示通り働いたんだな。技術屋は使いやすいだろうね。設計部長はほかに何か言った？　エンピツさん」

元気君はエンピツ君を思いやりながら聞いたようだ。

「大先輩の小型車設計部長は、提案を断ったあと、『君のような技術屋は、販売に行ってはいけないんだ……』と言っていた」

「その車、たくさん売れた？」

達人は、ずばり聞く。

「最初に造った1台だけ売れた。というより、たたき売り、すなわち始末売りされたと思う」

「磯浜工業製ボディーの架装費に、いくら支払ったの？」

「確か10万円くらいだと思う。無理な注文を受けてくれたのは間違いないから……」

「市販のバンの価格は？」

　元気君はたて続けに質問をする。

「当時、2〜3万がいいところでしょう。販売会社が街の板金会社に頼めばできることでもあるし……。結局、誰にも相手にされなかった。販売に開発費は不要だ、設計しに販売に来たわけではない。販売の仕事をしに来たんだ、700万円は返してほしいと言ったあと、本人がその開発費に手を付けてしまった」

「エンピツさん、金はあるほうが何かと都合がいいよ、はっはははは……」

　達人は他人事のように笑った。

(7) 熱い10トン車

「エンピツさんは1年後どうなった？」

運転達人は心配そうに聞く。

「職制名で答えると、販売企画部商品第2課に配属された。販売企画部は販売企画課、商品第1課、および商品第2課の3課があった」

「業務は変わったの？」

「変わらない。全国の架装メーカーに架装に必要な寸法・重量を資料として郵送する仕事を意識して行った」

「どんな意識ですか、エンピツさん」

本音元気君はさりげなく言葉尻をとらえた。

「受領書に保管責任者を記入し、送り返してもらった。送り先は全国架装・特装車メーカーおよびたまが販売会社だった。戻ってきた受領書を管理・保管した」

「その資料を特装メーカーは、どう利用するの？」

元気君の質問は相変わらず鋭い。

「架装資料の中に20分の1のシャシー図面を入れてあるが、特装メーカーはその図の上に自社の架装物を載せて、全体図を描く。寸法・重量の諸元とともに役所・運輸局支所などの認可を受ける。改造申請といいます」

「特装とは、ダンプ、ミキサー、ローリー、クレーンなどですね。エンピツさん」

「達人は、詳しいですね。そうです。平ボディーも特殊なものは改造申請が必要です。バン、冷凍車、ウイングボディーなども特装車に含まれます」

「そうなると、中・大型車はほとんど全部特装車だな。ダンプ、ミキサー、ローリーなどのメーカーは大手だ」

「達人は運転していたんだから詳しいはずだ。ところで、エンピツさん、開発資金の700万円は消えてなくなった？」

「新しい静かな語り口の課長に、販売に開発費は必要ないと、改めて進言したが、当初金額の700万円が、再び計上されていた」

「へえ、没収されなかったんだ」

達人はホッとしたようだった。続けて質問だ。

「エンピツさん、仕事は資料作りで机に座りっぱなし？　外には出かけないの？」

「その点は大丈夫。こちらから行く先はないけれど、向こうからやって来るようになった。

ただ、こちらのペースではできません。商品もユーザーもないのですから……」

「どんな仕事ができました。何かあるでしょう。話してみて……、エンピツさん」

「時期が前後するかもしれませんが、思い出しながら紹介しましょう。


川崎駅にある大手電機メーカーの運送会社を、神奈川たまがの販売員と訪問した。専務取締役がぜひ話をしたいと言う。実は、前日の予定を、直前でドタキャンされたが、神奈川たまがにとって、大事な大手ユーザーだ。専務室へ通されて、第一声、8トントラックの後のタイヤの上部出っ張りをなくせという。タイヤは削れませんと反論すると、親会社の主力商品の冷蔵庫の背が高くなって、1段しか積めなくなった。どうしてくれる。タイヤを削れとまで言われた」

「それは無理な注文だ」

達人はちょっとムッとした。

「エンピツさんはどうした？」

「ただ、座って黙って聞いていた」

「何か役人の苦情係のようだな?」

元気君の思い出話だ。

「黙って応対した例を、もう一つ思い出した。東京たまがのユーザーの建設会社を訪問したときだ。『メーカーは、油圧式7トン吊りクレーンキャリアを造らないのか。他社ではクレーン旋回用のターンテーブルまで張りつけて出荷している。クレーン以外は、たまがのトラックを揃えて使っているんだ。どうしてくれる』と言われた」

「他社にあって、たまが自動車になければ仕方ないな」

達人は冷たく言い放った。

「一緒に行った販売員は、突然土下座し、すみません、すみませんと謝った。建設会社の社長の後ろの棚に、日本刀が飾ってあった」

「叱られっぱなしだったんだ」

達人は少し哀れに感じた。

「相変わらず黙っていたんだ。エンピツさんは……」

元気君はしきりに現場を想像する様子。

「ところが、社長がいきなり、君は偉い。よく黙って私の話を聞いてくれた。これから、飯を食いに行こう……となって、ご馳走になった」

「トラッククレーンキャリアは造った？」

元気君が質問すると、達人が答えた。

「今は見られない。クレーンメーカーが上物のエンジンで走る自走式クレーンを開発、トラック改造型キャリアは必要なくなった」

「そうだ、今の達人の話のように、昔から今日への、進歩具合を説明できたらいいと思う」

「元気さんも、何でもいいから思い出してください。お願いします」

「あ、言われて思い出した。川崎の背の高い冷蔵庫運送の話、法の規制緩和があって、トラックの全高が3・5mから3・8mに高くなったはずだと思うけど、どうエンピツさん」

「30㎝高くなりました」

「荷主の要求はきびしい。30㎝で足りるかな？　その運送会社。今の冷蔵庫、さらに大きくなっているから、どうかな？　エンピツさん」

「トラックも低床のために、力は十分で直径の小さいタイヤも開発されてきた。あ、達人は運転したことあるでしょう？　知ってて、質問しましたね？」

「エンピツさん、分かった？　乗ったたまが自動車のトラックは、小径タイヤでエアサスペンションだった。あれなら背の高い冷蔵庫もたくさん積めるでしょうね」

「次は岩手たまがからの仕事があった。その時はすでに直属上司が、三次《みよし》カップ課長に変わっていた。そして、うちの部長が販売と一緒に岩手を訪問して、約束してきたからエンピツ君、なんとかやってくれという話が飛び込んできた。造っても売ってもいない10トンオートマチック車を造れということだった」

「その話は当然断ればすむことでしょう」

達人は単純に結論づけたが、元気君は違った。

「それはない。上司に逆らったら、サラリーマンの明日はないだろうね、エンピツさん？」

「それもあるが、二人とも、設計当時遊んだり、笑ったりした同僚だったし、口約束と言えども、断ったらユーザーや販売会社の信用を失ってしまう」

「そういうものか……」

達人はつぶやいた。エンピツ君は話を続ける。

「まず10トン車用のオートマチック装置を探した。三次カップ課長も探してくれた。研究部に、提携先のアメリカ製オートマチックトランスミッション2基が、テスト済みで残っているという。それでは1基を流用して、取付・組立は東京たまがの特装工場でお願いしようと決めた。ただし三次カップ課長に条件を伝えた」

「課長に条件を付けた、何の条件？」

達人は先を急いだ。

「ここは、開発ではない、販売だ。オートマチックトランスミッション搭載のための、部品代、取付代などのコストは、車両代に上乗せして、販売会社、ユーザーに請求すること。これを気の良い部長と一緒に訪問した課長に決めさせてくれと頼んだ。それが通らなければならないと付け加えた」

「販売はその条件を受け入れたの？」

「達人、販売は当然受け入れるでしょう。たぶん、日頃無理を販売会社に依頼している手前、穴埋めのつもりもあるでしょうから……」

元気君の目が光ったように見えた。

「川崎の研究部に行った、最初に、オートマチックトランスミッションの保管元と設計のときの上司だった、酒が好きで芯の強い部長に経緯を説明すると、彼は、人望常務に話をしなさいと言ってくれた」

「研究部の常務に会いに行ったの？　エンピツさんが、入社したとき、課長だった人。偉くなったんだ」

達人が言うと、元気君は言った。

「よく覚えているね、達人は」

「人望常務の個室はガラス張りで内から外が見える。常務がいるときを見計らって、部屋の前を行ったり来たりした。すると気が付いた常務は、『エンピツ君、まあ、中へ入れ』と言って話を聞いてくれた。そこでオートマチックトランスミッションを1基、200万円で売ってください、と頼んだ」

「200万円、テスト済みで高くない？」

「達人、価格だけではないでしょう。人を動かすにはサプライズが必要でしょう。エンピツさん？」

エンピツ君は返事もせず話し続ける。

「人望常務は、買ってくれるなら、そのように話をしておく、と言って譲ってくれた。最初にお願いに回った所を、もう一度回ってOK報告をした。すぐに200万円を研究部に移し、東京たまが特装部には、言い値で取り付け改造費用を払った。それを全部車両価格に上乗せするのが条件と、三次カップ特装技術課長から、理論派実務課長に伝えてもらった」

「ちゃんと販売会社に請求したのかな？」

元気君は疑い深い。

「後日、納入先の釜石を訪問した。運輸会社の担当者と会って話をしたら、オートマチックトランスミッション搭載10トン車製作を感謝された。さらにプラス５００万円は、苦にならないと言われた」

「５００万円も高くして……？」

達人の質問は率直だ。

「担当責任者は、価格は問題としない。会社が、釜石製鉄所に、輸送改革テーマとしてオートマチック10トントラック現車を提案できたから、目的は達成したと言った。さらに担当責任者は、毎年改革テーマを必ず一つ出さないと他社に仕事を持っていかれてしまう……とも言っていた」

「10トンの、重い車が高速走行時代に入って苦労した話をしましょう。大型トラックメーカ

－4社とも先陣争いの過中にあった時代、時は販売に来て何年か過ぎた頃のことです。

大型車の販売が、高速道路の延長にもかかわらず思わしくない。たまが自動車の10トン車エンジンは、わずかに馬力不足の状態だったが、高速道路を走れないことはない。ちゃんと走れるはずだ。

大手運送業者には、メーカーが専任担当者をおいている。彼らは、担当ユーザーを対象に常時営業活動を行っている。

商品的・技術的な話があるからと、たまに口の重い技術屋が引っ張り出された。

大手運送会社のたまが製10トンカーゴトラックに対する評価は大体一致していた。

総合研究所をもつ旭日通運㈱の営業所に担当者と同行した。

「当時、総合研究所のある運輸業となれば、国鉄時代のほとんどの駅の近くに営業所を展開していた、あの旭日通運ですか」

「元気さん、あの会社の10トンのバン型車は、よく東名高速道路を走っていたな。大きな会社のマークを付けていたので、目に付いたものだ。エンピツさん、そこにも行ったの？」

達人も会社について元気君と一致したようだ。

「行きました。そして、そこで聞かされた第一声は、たまがの10トン車は高速道路は走れない、というものだった。そこで、販売員はそんなことはないでしょう、走っていますと、反論した。『エンピツ君、どうなんだ』と振られたので、『走行性能上は時速90～１００㎞のスピードは出ます』と言うと、『走れるのは分かるが、ドライバーが乗りたがらない。目的地に着くのが遅れてしまう』と言うんだ、と説明された」

「運転手は、一緒についていけない車を嫌がるね。荷主は到着時間に厳格だし……。少しでも遅れると運転手が叱られる……」

「達人、ユーザーにもそう言われた。ただ頭を下げて、たまがの10トン車の採用をお願いした。すると、長距離は避けて、地場、いわば一般道で使うかと言ってくれた」

「大手は、使い道で、車を変えているんだね、達人」

「そうです。年代の古いトラックを地場に回すのが普通のやり方ですけれど……」

「当時の商品企画はエリート部長だった。川崎のエンジン設計部から来た人で、顔見知りだった。

ユーザー訪問から帰って、エリート部長に早速お願いした。まず、10トン車のエンジンの排気量アップ・馬力アップをしてくださいとお願いした」

「そのもの、ずばりを頼んだの？」

「達人、まあ、聞きましょう」

「うーん。だけど、新乗用車リーリアンが出るまで待て！　だった」

「また、大型は待たされたんだ」

「まあまあ、待ちなさい。達人……」

「すかさず、トランスミッション（変速機）にオーバードライブ（増速ギア）を追加して5段から6段にしてくださいとお願いした」

「エリート部長は何と？」

今度は元気君が先に口を出した。

「何も言わなかった。せわしく眼鏡をいじっているだけだった」

「エンピツさん、エリート部長の無言は、検討を進めているという暗示でしょう。エンジンもやっていたでしょうね、エンピツさん」

元気君はエンピツ君の顔を自信をもって見る。

「さすが元気さんですね。大型に開発費が回らなくても、何とかしようと思っている設計者は、少しはいるわけですから、図面を描いていたかもしれません。しかし、その時は部長として部下に言える事実がなかったということでしょう」

「つまり、エンピツさんは、大型車の開発は死んでいないということを言いたかったんだ。ところで、トランスミッションにオーバードライブは付きましたか」

元気君は読みが深いなと達人は感心しきりの様子だ。

「オーバードライブ付き6段トランスミッションは付きました。それによって、高速走行性能はそれこそ、一段上がったと言えます。しかし、大型エンジンの性能向上が必要なことは間違いありません。

10トン大型車の場合、エンジンが注目されるのは当然のことですが、ブレーキも忘れてはならない重要な装置です。10トン車にはどんなブレーキがあるか、知っていますか？ やはり達人に考えてもらいましょう」

「今のたまが自動車の10トン車にはたくさんのブレーキが付いているからな。

主ブレーキのフット（足）ブレーキ。駐車ブレーキ。排気ブレーキ。それにリターダー（永久磁石を使用したブレーキ）がある」

「達人はさすがです。リターダーをよくぞ思い出してくれました。リターダーはノンフリクション（摩擦材なし）ブレーキと言って摩耗するものがありません。最後の停止はフットブレーキで行うしかありませんが、そこまでのフットブレーキを助ける大事な減速ブレーキです。しかし、当時はまだリターダーは付いていませんでした……」

「あっ、忘れていた！　エンジンブレーキがあった。これも大事なブレーキだ」

達人はあわてて付け加えた。

「その通りです。このエンジンブレーキはエンジン排気量が小さいと、高速道路の下り坂などで、エンジンオーバーランになる危険があって、急いでフットブレーキを踏む。すると、あっと言う間にブレーキライニングが摩耗してしまう。そこで排気ブレーキに続いて開発されたのが、リターダーです」

「なるほど、一つの秀れた装置が生まれるのは必然性があるんだ」

元気君は一人で感心していた。

「ブレーキの話が出たので、ブレーキ回り強化の話をしましょう。これも少し時期を戻します。

新型車やモデルチェンジ車が発売されたときユーザーに見せるために、新車キャラバンを実施する。そのとき、説明員として、車に付いて行きます。

ある採石会社の現場事務所に新車を持って行った。社長は全従業員を集めていた……。皆に新車を見せた。社長はたまが自動車の10トンダンプを使っている。構内で使う採石運搬車なので、ざっと見て、30～40トン積んで集石所に運んでいる。車の総重量は40～50トンを超えている。

社長は言った。ブレーキがあまい。どのようにあまいんですかと聞いた。彼は、あの坂を見ろと言う。見ると20％勾配くらいの坂道だ。すみませんと言うしかなかった。

さらに彼は、最新式の油圧式バケットローダーを運転するから、ステップに乗れと言う。ステップに乗って、乗降用アシストハンドルにすがりついたと同時に、いきなり前進、と思ったら、とたんに後進。そして、彼は言った。『重機はこんなに進歩している。これくらい、たまが自動車ならできるはずだ、早くやれよ』と言われた」

「エンピツさんは、強烈な印象を受けたんだ。今の大型車の運転操作は、軽くなっている。女性運転手も増えてきたでしょう。その社長のおかげも少しはあるな」

「達人、まだ、ブレーキが弱い点を、エンピツさんは悩んでいたところでしょう」

「元気さんには、かなわないな。本社に帰って考えた。10トン大型車のフットブレーキを強化するには普通の言い方では相手にされないと考えて、川崎工場の大型車設計部に行った。久しぶりだ。部長と10トン車担当者が会って話を聞いてくれた。どう説明したか……。

部長聞いてください、と始めた。

30トン積んで20％勾配を上った10トン車が、突然エンストしたとします。その時、フットブレーキを踏んだら、車両が、ズズーと下がったので、さらに全力でブレーキを踏んでも止まりにくい……とここまで話をしたら、部長は、『え、本当かよ』と言って、のけ反った。担当も、これは大変だと言った」

「エンピツさんの言うことを信じてくれたんだ」

と達人。元気君のあとに続いて言った。

「以前から10トン車のブレーキが弱いと言われていたのじゃないかな？」

「いずれにせよ。ブレーキ強化に踏み切ってもらえた」

「ブレーキ強化はブレーキ油圧シリンダーを太くすれば、すぐできるのかな？」

元気君はちょっと商品知識に触れたくなったようだ。

「うーん。それですめばいいのですが、10トン積み車のことですから、ブレーキを支える部品すべてを強化するか、あるいは見直さなければならないし、急ブレーキ時の車両安定性、振動とか異音がないかをテストする必要があります。

特に、前輪ブレーキが厳しく、アクスル、キングピン、ハブ、ステアリングリンク系をすべて強化しなければなりません。もちろんブレーキ内部も強化、見直しが必然でしょう」

「ブレーキをかけたとき、ガタガタするのは嫌だね。それもテストするんでしょう？」

「達人、それもテストします。どこか弱いところがあると振動を起こしますから、ブレーキ強化は大改革です。それを開発は総力を上げてやってくれました」

「開発は大変だったでしょう。エンピツさん、よかったね」

「ブレーキ性能は間違いなく良くなったが、少しシャシー重量が重くなった。たまが自動車はダンプ車に強いということで、シャシー重量は他社より重かったが、ブレーキ強化によりさらに重くなったようだ。やむを得ないことだが、特装車架装メーカーから積載量が他社に比べて、確保しにくい、10トン車で１００kg前後積載量が少なくなると、言われ続けた」

「１００kgくらいなら問題はないのでは？」

「元気さん、それは違う。ユーザーが最大積載量表示の多少を気にする。値引きを要求されることもあるでしょう。荷主によっても気にする人がいる。ねえ、エンピツさん」

「その通りで、特にバン、冷凍車、ウイングボディーなどのカーゴ系架装メーカーは会うたびに言ってました」

「そうか、思い出した。大型トラックの最大積載表示について、昔は５００kg単位だった。

したがって100kgが500kgの差になることがありました。今は100kg単位に法改正されました」

元気君は、やはり車両法に詳しい。

「特に鹿田自動車の10トンは車両が軽いと、架装メーカーは言っていた。ところが今から十数年前、鹿田自動車製大型車が脱輪事故を起こしてしまった。それが1台で収まらず、バスまで脱輪するに至り、リコール対応をせねばならなくなった」

「ハブが破損していたということでしたか？」

元気君の言葉に応じて、エンピツ君は続けた。

「鹿田自動車の大型車は、車両運送法の保安規準により、それまで車両総重量20トンが25トンに規制緩和されたのが、響いたのかな？」

「エンピツさんの話は難しい。要は大型トラックの総重量が25トンまでOKになったということを言いたかったんでしょう？」

元気君のコメントに、エンピツ君はうなずいた。

「そうです。元気さん、ありがとう。分かりやすく解説していただいて……」

「あの軽自動車から大型バスまでの開発力をもっている鹿田自動車が、ついうっかりしたのかもしれませんね。それにしても、耐久生産財は、数十年も経ってからリコールが発生することもあるから、細心の注意が欠かせませんね」

元気君が元役人らしい話をすると、達人が実際の現場の経験を述べた。

「最近は道路が良くなった。山道も農道もアスファルトで舗装されて、車が楽に走れるようになったでしょう。だから、せっかく造った道路、特に高速道路を壊されるのが、いやだとばかりに、オーバロード（過積載）取り締まりが厳しくなったのも最近のことですね」

「達人さん、運転して肌で感じました？　たまがのトラックも、重すぎるのは、丈夫すぎるのが原因じゃないかと、逆に架装メーカーに言われた……」

これを聞いて元役人の元気君が……。

「高速道路の建設現場では、過積のダンプが多く走っていたけど、あれは取り締まりがゆるかったのかな？」

「分かりません。何回も捕まりましたから……。はっははは……」

達人の笑いにさそわれて、3人一緒に笑った。

「過積載は誰でも好きだとは言わない。やむなくやった、やらされたということでしょう。発展途上国に限らず、災害時、有事のときは、トラックの荷台に積めるだけ積むのが、トラックとしての役目かもしれません。そうでしょう？　エンピツさん」

元気君はにわかに真面目になった。

「たまが自動車は、評論家的なことだけを言ってるだけでは過ごせない。なんとか10トン車を売らねばと、販売部取締役に呼ばれた。狭い部屋に販売企画のごりかん担当とほかに販売第一線の男が呼ばれていた。

販売部取締役は、他社10トンダンプ車に、ユーザーを持っていかれている。たまがでも、10トンダンプを展開してくれと言ったので、今の三点支持の後輪サスペンションは、カーゴ車向きで、ダンプ車にはふさわしくないと言った。

販売部取締役には、『ふざけるな……販売会社ではホイールベースを短縮して、ダンプを作り、販売している。メーカーがやらないのはどういうことだ。エンピツ君、やってくれ』と、懇願された」

「エンピツ君、やったの？」

「すぐ、大型車設計部担当者に頼んだ。ホイールベースの短縮と、板バネの補強をしてくれた。

その後、大型10トン車のモデルチェンジに合わせて、ダンプ荷台を長くする方法をとった。

大手ダンプ架装メーカーの協力を得て、他社より先駆けて発売して、たまが自動車の10トンダンプを守った」

「荷台を長くするとどうなる?」

「元気君、実際に多く積めたのは確かだった」

達人の実体験には元気君もかなうはずはなかった。

「現在は法改正により、ホイールベースが長いほど、積載量を多く取れるようになっている」

エンピツ君が結論づけたようだ。


「10トン車は、雑貨を運ぶバン型車と土砂を運ぶダンプ車の2種が目立つが、実は長い荷台で、鉄材とかコンクリート製品などの重量物を運ぶものもある。この車、道路の末端の工事現場に入るので、フレームやサスペンションを丈夫にする。この分野に、たまが自動車は強かった」

「それで逆に、比較的軽量な貨物の高速トラックに遅れたんだ」

「かもしれないけど、やはりトラックも、エンジンが大事でしょう」

達人と元気君の会話だ。

「販売は、ああだ、こうだと言ってられない。後輪三点支持サスペンションの板バネを強化した10トン車のキャラバンに出かけた。

愛知県だったか、地元の販売員に導かれてあるユーザーを訪問した。車両置き場に、10トンシャシーを展示した。車両置き場は広く、所々に水溜りがあった。その水溜りの上で、キャラバン車の後ろ4輪のうち1輪が地についていなく、浮いていた。分かりやすく説明すると、後ろに4本あるタイヤのうち1本が地面につかず、浮いていた」

「シャシー状態だからであって、荷台が架装されれば重くなって、タイヤは地面につくと思うけど、あまり格好は良くないな」

元気君の説明は同情したのか、けちを付けたのかはっきりしない。

「板バネを強くしたからこそ現れたことだが、気になるようでは問題だ」

「エンピツさんは問題視したんだ」

と、達人は言った。

「帰社してから、課員と相談し、重量級10トン車には三点支持サスペンションは、ふさわしくない、一点支持のトラニオン式を急ぎ開発してもらおうと決めた」

「他社はどうなの、そのトラニオンですか」

　達人はずばり聞く。

「他社はトラニオン式が主力でした。たまが自動車は三点支持のため、当初トラニオン式のダンプを用意しなかった。ダンプのたまがは少し迷ってしまっていたのが正直なところです」

「三点支持も、いいところはあるんですか。エンピッさん」

「あります。三点により荷重を分散できます。しかしサスペンションの部品数が多くて部品代、修理代が普通より高めになったようです。特にダンプ車の場合は、砂ぼこりが数多い接合部品を摩耗させ、いっそう修理代が高くなったようだった。サービス部門も当然問題として取り上げていた。そして誰が三点支持の10トンダンプを推進したか知られていたんでしょう」

「エンピッさんを嫌う人がいたんだ」

「会社は好いてくれる人ばかりではない、達人。さて、エンピッさんはどうしたの？　行動を起こした？　何と言ったか……そのトラニオンのために……」

「最初に大型設計部長に、次に大型設計部取締役、最後は大型設計本部長常務取締役に会うと決めて動いた」

「一人で行った？」

「いや、元気さん、取締役と会うときは技術に詳しい部下と一緒だったらしい。よく覚えていなかったが、数年前彼と会った際、当時の思い出話で、取締役は真っ赤な顔になったと言っていたので確かだ。

まず、酒好きで芯の強い部長に会って話をする。じっと、すべてを聞いたあと、『考古学取締役と話をして、人望常務に会え』と言ってくれた」

「決定権者は、誰か、設計本部長だ。すると、設計をする責任者は設計部長なんだ。ところで、三人とも、エンピツさんの上司だった人ばかりのようだね」

元気君は記憶力もいい。

「考古学取締役に話をしたら、三点支持でもない、トラニオンでもない、新しい二点支持のサスペンションをやっていると言った。即座に、それはやめてください、トラニオンでお願いしますと反論した」

「よく反論できたね。昔の上司に向かって……」

元気君はビックリした。

「事前に、二点支持サスペンションの情報をつかみ、課員とサスペンションを調べた。部品点数が多い。これは駄目だ、中止を説得しようと決めていた」

「それで、技術に詳しい部下を連れて行ったんだね」

「元気さん、分かりますか。そういうことです。考古学取締役は、本当に赤くなって怒っていた。最後の人望常務には一人で会った。今でもはっきり覚えている。常務室はガラス張り、入り口の回りをうろうろする。人望常務は、『何だ、まあ座れ』と言う」

「そこまでは、10トンオートマチックのときと同じですね。エンピツさん」

「元役人は記憶力がいいね」

達人は元気君を持ち上げた。

「人望常務には、『10トン車のフレームを丈夫にし、板バネを強化していただいてありがとうございます。キャラバンに行きました。ところが水溜りのある荒地の駐車場で、タイヤが浮きました。三点支持のこのサスペンションは、良くありません』と、はっきり言った。そしてトラニオンサスペンションの開発をお願いしますと……」

「人望常務はどう答えた？」

「達人さんは、急がないで黙ってエンピツさんの話を聞こう」

「しばらく黙って私を見詰めていたが……。少しの間をおいて、人望常務は口を開いた。『エンピツ君、鹿田自動車の10トン車のトラニオンを、そのまま参考にする。それでいいならやる』と言われた。その時は即座に、それでいいですから、ぜひお願いしますと言った。人望常務の決断を、すぐに酒好きで芯の強い大型車設計部長に知らせた」

(8) 膨張する組織

老人ホーム施設の食事は軟らかめが主だが普通に近いものもある。運転達人と、本音元気君は、食事後、自室に戻り、ベッドに座った。そして、エンピツ君を待った。

元気君が、エンピツ君の戻りを待ち構えていた。

「エンピツさん、先ほどの話の中で部下がいた。人数が増えたんですか」

「元気さんはさすがによく聞いている。最初は一人で、架装に必要な資料を、特装車メーカーに送っていた。送る資料は運輸省（国土交通省）のタイプテストを受けた諸元表から、架装に必要な数値をまとめたもの。大型車から始め、中型車とエンピツの自筆で作り上げていた。諸元表は公表されている。架装資料は偉そうに流せるものでもない。絶対に必要なものでもない。数ページにまとめて、業者にコピーを依頼して、全国の特装メーカーに送る。最初、普通トラックから始め大型、小型と新型が発売されるたびに送った。

商品二課に拾われたのが2年目に入って、この仕事は一人で十分だと思っていたら、やさしい課長から小型設計から若手が一人、配属されると言われた。そばで、仕事が忙しく見えたらしい。1人でも、やっていけると言ったのだが……。

数年後、東京たまが自動車からの引き立てがあって外遊、帰国したらたまが自動車に、特装部ができていた。課が2つ、特装技術課と特装業務課があった。

特装業務課を説明すると、川崎工場の購買部架装購買グループが丸ごと販売に移っていた。川崎工場での主たる業務は小型2トントラックの上物架装物ダンプの買い上げだった。

小型ダンプは、大型と異なり、同一仕様で大量に販売できる上物で、たまがが買い取ってもメリットがある。

小型2トンダンプ車は、平ボディー車と同じように国土交通省の指定自動車の認可を受ける。これにより、登録業務が簡素化される」

「簡素化とは、どんなことですか」

「元気さん、ナンバーが、書類審査のみで貰えるんだ。大型車の場合は、ほとんど持ち込み車検が必要だ。乗用車は量産だから指定自動車取得は当然だ」

「そうか、検査場も手間が省ける、ということですね」

元気君は理解が早い。

「ダンプに限らず上物は、販売会社も、ユーザーも、自由に買える。たまがと言えども同じ立場でしかない、ならば工場グループから離れて販売へ場所を移したほうが情報が得やすいと考えたか。特装業務は販売にきて張り切っていた。

特装技術課長は、驚いたことに、設計で一緒に仕事をした、あの三次《みよし》カップ課長だった。彼には、一人で十分なのに、なぜ人を増やすのか、売る商品もない、販売権も与えられていないのだから活動しようもないと言った。さらに、技術屋がいる組織が必要と進言した理論派実務課長は、大手運送会社を担当して販売部で活動していると伝えた。

すると彼は、特装部には販売が必要だ、その理論派実務課長に来てもらう、と言って、動き出す。政略的にも強い課長だ。

部長はと見ると、さらに驚いた。研究部で長年業務課長を務め上げた人だ。現社長に公私共に奉仕して支えたへらぽん部長だった。しばらくして彼は社長に手渡すと言って、上申書を書き始めた。彼に呼ばれて内容を明かされた。驚くべきことに、さらに人員を増やす願書だった。

へらぽん部長は下から見上げるように、『エンピツ君、数は力だよ』と言った」

「へらぽん部長の研究部在任中に見つけた哲学だね、きっと……。その上申書は社長に受け取ってもらえたの？」

「元気君、へらぽん部長は何度も、何度も社長室に出入りした。通るか、通らぬかではなく、通るまで自分で書き直して持って行った」

「へらぽん部長は、研究部業務課長の時代に直視してきた経験から学んだ、数は力なりだったのでしょうね」

元気君がしんみりと話したら、達人は別の観点から、エンピツ君に問う。

「部長は何を書いた？　エンピツ君は読ませてもらった？」

「見たけど、特装車はたまが自動車にとって大事、が主題だったと思う。最初の進言もそうだし、今回も同じだ。たまが自動車から出荷したシャシーは、そのままでは使い物にならない。上物を架装し完成車となって、ようやくユーザーが使えるものになる。したがって特装車を知り、販売をサポートすることが必要であり、人が必要だとも書けば、乗っかる人も出てくる」

「それで、人数は増えた？」

「ひらぽん部長と三次カップ課長の狙いが通り、特装技術課のメンバーは増強された。

販売に技術屋が必要だと最初に進言した、理論派実務課長は特装販売課に配属となった。

三次カップ特装技術課長は、メンバーを、大型・中型・小型トラックの3つに分け、販売、販売会社の増販を助けようと決めた。ベテランには消防関係の仕事を担当させた。消防は、東京消防庁や消防検定協会などと、メーカーは直接接触する必要がある……」

「ところで、エンピツさん、あの700万円の開発費はどうなった？　没収された？　隣に購買権がある業務課ができたから聞くのだけれど……」

「700万円は残されていた。販売に開発費は必要ないと言ったけれど、なぜか継続して、毎回計上されていた。

三次カップ課長にも、販売は開発ではない。販売は工場で造ったものを売る部署だと言った。

それから、特装車業務で、上物架装で困ったことはない。シャシーで困る。特に他社にあって、たまが自動車にないシャシーの場合、販売は収まることはない。なぜなら、ユーザーが離れるのを嫌がるからだ。そういうようなことを三次カップ課長と話し合った。

それから、もうひとつ……、ユーザーの要望にそって特別な車を造った場合、本体価格に加えて、特別な部分の価格を請求すること。ここは開発ではない、販売だから請求は当然だ。もし特別な部分を、ユーザー確保のため無償で提供したいなら、販売対策費を予算立てして、それを使うべきだ。そして最初から金を支払われない場合は、やらない、などと話し合った」

「特別な部分とは具体的に言うと何？」

「達人、前に話に出ていた10トンオートマチック車の販売が特別な部分のいい例だと思う」

「元気さん、よく思い出してくれました。オートマチック10トン車は改造費を請求できたいい例です。これを川崎工場で多量に造りたいとすれば、販売のテーマでなく開発のテーマになるので、開発提案書を提出して、検討が始まることになる。何度か開発提案書を書いたが、4トン車の開発にかかわったことを思い出した。

6トンボンネットトラックが、会社を支えていたとき、運転免許資格が、大型と普通（中型）免許に分けられた。したがって6トン車は大型の免許でないと、運転できなくなった。かわって徐々に、4トン車が主力車種になりつつあった。たまが自動車も開発を急いでいた。なるべく、軽くし、コストを下げるため、量販車種の2トンウルフを参考にして、エンジンも小型エンジン設計で開発した。そしていざ発売準備段階の時期になって、あの酒好きで芯の強い設計部長から電話があった。

『4トン車のダンプシャシーとロングシャシーの開発提案書を出してくれ』と依頼された。おかしいなと商品企画部商品一課の担当者に問い質したら、なんと彼は、あれは4トン車でない、内容的には3トン車だ、だから標準型だけにしたと言ってのけた。

市場に出してみないと分からんだろうと言って開発提案書を出した。登録情報など調べ、ダンプ車用200台、標準車400台、ロングホイールベース車200台、月合計800台の販売として出した」

「800台売れた？　4トン車はたびたび運転したことがある……」

達人はたまが自動車の4トン車が好きなようだ。

「発売時の登録を見たら、800台くらい販売されていた」

「市場調査が合っていたかもしれない」

元気君がエンピツ君を持ち上げようとしたが、エンピツ君は乗らない。

「販売会社の販売員が待ちに待った4トン車だったので、結果、たまたま計画と合っただけでしょう」

「あ、そうか。販売は、もっと欲しがったのに、生産台数しか売れなかったんだ」

「そうなの？　エンピツさん」

達人、元気君とエンピツ君を冷やかした。

「存じません！」

3人はほぼ同時に大笑いだ。

「今のたまが自動車の4トン車は、相当良くなっているけれど、発売当時は、クレームがあったの？　エンピツさん」

達人が急に真剣な顔に変わった。

「クレームはあったでしょう。積載量6トンのトラックから4トンに変えたユーザーが、十分満足できたかどうか」

「あの頃のトラックは荷台いっぱいに積んだものだ。僕の場合は荷物が雑貨で軽かったから不満はなかった」

達人は本当にたまが自動車びいきだ。

「達人、エンジンも排気量アップし、キャブもセミキャブ、フルキャブとフルモデルチェンジを何回もして、現代の車になりました。お礼を言います」

「ところで、販売・購買・技術と三拍子揃った特装部は動き出したの？」

元気君は話を戻そうとした。

「そうですね、二、三話しましょう。

横浜たまがモーターに呼ばれて、横浜消防署に、販売会社販売員と一緒に行ったときの話です。会議室に通され、若い技官と対面した。その当時の消防車の主力はTX6トン車をベースにしていた。彼は、第一声、2トン車の消防車に、消防ポンプ能力強化のため、10トンのエンジンを載せてほしいと言った。さらに、横浜港は海に囲まれている。海岸消防活動には水陸両用車が適している。ぜひ開発してほしい。当然、2トン車に10トンエンジンは無理です。水陸両用車は、開発だけでも大変です。できませんと言うと、量産してたまが自動車自身が全国販売展開すれば、安くできるだろうと、重ねて言われた……」

東北海道たまが自動車の社長肝煎りの企画、大学の教授の話を聞きに帯広に行く。教授の話は熱が入る。十勝の牧畜やビート（砂糖大根）を主とする農業を守らねばならぬ。そして、牛舎から出る糞を集めて運び、圃場（畑）へ散布する。もっと効率を上げるためのスラリー（ドロドロ状態の混合家畜排泄物）ローリー車を造ってほしい。条件は圃場を微速で走行しながらスラリーを散布できること。聞いてみると、ローリーとスラリーポンプは専門メーカーでなんとかなる。台車の微速は全輪駆動車で自衛隊向き車両がある。

そこで社長が現場に全輪駆動車を用意していたので、テストをした。タイヤの接地圧が高くタイヤが圃場に沈み込んで走れない。

それではと、タイヤの空気を抜いて試すと、嫌々走る程度で動いた。やはり、バルーン（風船）タイヤでないと駄目となった。

テストから戻って、会議に入る。

結論は、たまが自動車でバルーンタイヤ付きの全輪駆動車を造れということだった」

「バルーンタイヤに交換すれば、簡単にできるのでは？」

元気君はできると信じているらしい……。

「社長も教授も同じように簡単にできると思った……。まずタイヤがない。あったとしても接地圧を低くした分、幅が広くなるので付けられない。シャシー全体大変更の開発になるのでと断った。

東北海道たまが自動車の社長は、教授はほかの車販売にも影響力をもっている人だと言って、大変残念そうだったのを今でも思い出す。

東京たまが自動車は、市場が大きい地域なので、シャシーの改造を要求されるケースがあり、フレーム、延長・短縮、フルＰＴＯ（動力取出装置）の取り付けなども手掛ける力がついていた。

東京たまが自動車はこの技術力を活用した。

圧縮型コンクリートポンプを開発・販売している千代重工㈱に６トンシャシーを台車として売っていた。東京たまが自動車の特装部は、サービス工場でフルＰＴＯを付け、フレームの後端のバケット取り付けのために、切り落としたシャシーに改造して納入していた。

ある時、東京たまが自動車、メーカーに話があるから、東京駅近くの汎用機事業部に来るように言われ、東京たまが自動車の技術者と一緒に行った。

千代重工の設計者は言った。『コンクリート台車の生産を東京たまがから、メーカーのたまがの川崎工場ラインに流しなさい。そうすれば、安くなるでしょう？』と」

「千代重工とは、あの造船会社でもある会社ですよね。エンピツさんは要求をのんだの？それとも断った？」

「元気さん、断れるわけはないでしょう。お客様は神様だから……」

達人は立派なことを言う。

「『東京たまが改造したシャシーは、たまがメーカーが製造したものと同じと考えています。東京たまが自動車の製造でお願いします』と言い続けた」

「言い続けた？　何回も呼び出されたんだ」

「達人、お客様は神様と言ったばかりでしょう。ところで、東京たまがは、メーカーたまが自動車のラインに移してほしいと考えていたと思うな。エンピツさん、どう思う?」

「東京たまがは販売会社ですから、1台でも実績を上げたい。その気持ちだけでしょう。メーカーたまがに生産を移すとなれば、それも受け入れると思う。ただし東京たまが自動車特装部には、力をつけ、市民権を得たいと考える向きもあると思う……」

「難しくなってきたな。結局何としてでも売りたい、1台でも売りたい気持ちが、難しくしているな」

元気君の難しいは、何を言っているかよく分からない。

「エンピツさん、千代重工のコンクリートポンプの台車は、何トン車だったの? 今、コンクリートポンプは2トン・4トン・8トン・10トン車と見られる。ブーム付きコンクリートもある。福島原発では30mを超えてブームを伸ばし放水していた……」

「当時、圧送式コンクリートポンプは千代重工が先陣組で、社内の稼ぎの花形だったと思う。最初から6トンシャシーで架装し、次に8トンシャシーを考えていた。ブーム付きもあるか。

設計技師は8トン級コンクリートポンプに主力を移すので、メーカーたまがのラインに流してくれないかと繰り返す。他トラックメーカーではライン化してくれていると言う。

『東京たまがもメーカーも同等と考えている。ぜひ東京たまが対応でお願いします』と頼んだ。

さらなる要求もあった。架装物が重くなるので後軸荷重を上げてほしい。一軸10トンを法改正してでもオーバーしてもらいたい……」

「法改正？　それは無理だ」

「達人、大きな声を出さないで。お客様は神様です。しかし色々な神様がいるもんだ。それでエンピツさんは何と応じた？」

「三軸10トンシャシーを使用してください、とお願いした。

三軸車はバケットを後ろに付けるスペースが狭い、考えてはいるが、二軸が架装しやすいのだと言った。

そしてまた東京たまが自動車にコンクリートポンプを売ってほしい、全国に売ってもいい、そして車検のみならず、コンクリートポンプのサービスもお願いしたい、などと言った。

東京たまがは要請を受け入れ、コンクリートポンプの部品を持ち、全国を飛び回った技術員がいた。彼は相当疲れて見えた」

「東京たまがは、少しでも売り上げを伸ばしたい一心なんだ」

元気君のつぶやきだ。

「お二人とも、これからビールの話をしましょう」

「いいね。ホーム施設にビールは置いていないから、話だけでもいい……」

達人は少し元気を出した。

「大手ビール会社から配送車を開発してほしいと、小型販売から頼まれた。販売員が、考えさせます、と言って持って帰ってきた案件だ。

何が問題なのか集配センターを訪れ、ビール会社の物流課と話をした。

使っている車は2トン車だ。大ビン20本入りケースを重ねて手荷役で運ぶ。その際、セールスドライバーが腰を痛めてしまう。なんとか楽になる車を考えてもらいたい、という案件だった」

「現場の問題を考えて、考えて……と持ち越される話だな。よくあることだ……」

元気君はたまに難しいことを言う。

「とにかく、現場を見たいとお願いした。集配センターから末端配達先まで、カメラを持って、課員二人で手分けして調べた。

集配センターには10トンウイングボディー車が、工場から着いていた。パレット積みされた商品はフォークリフトで下ろされ、保管する。

配送車は小型2トン高床車。たまが自動車のウルフが使われていた。セールスドライバーが受注を取り、配送車に積み込んで配送する。新宿飲み屋街に行くという車の助手席に乗って、現場に到着した。

素早く降りて、荷台のアオリを下ろす。大ビン20本入りケースの2段重ねを腹に抱えて、ビルの狭い階段を、上ったり下りたりする。試しに手伝うと言って2段積みを運んだ。直ちに、腰を痛めるから、やらなくていいと言われてやめ、写真撮りに専念した。時間帯が同じなのか、三尺（約90㎝）幅の階段で酒屋などの同業者とすれ違うこともある。

車で移動中に色々聞いた。

腰は仕事を始めてすぐ痛め、以来直らないでそのまま。機械を使った荷役は、操作時間が無駄、停車時間も短くしたい。

セールスドライバーに礼を言って別れた。

皆で検討して対策をねった。結論は現状の手荷役しか思い浮かばない。

依頼してきた販売の課長は、何でもいいから考えて造れと言う。

条件を付けた。『ここは販売です。売ってください』と頼んだ。そしてどうするか皆で考えた」

「何か良い考えがあったの？」

達人は心配した。

「テールゲートリフターを、側面に付けてみよう。大手特装メーカーにお願いして造ってもらう。リフターの場所は荷台の鳥居のすぐ後ろの左側に決めた。リフターの面積は、ビールケースの大きさ程度。それ以上はフレームが邪魔して入らない。

和明工業㈱の副所長に頼んだら快く引き受けてくださって、できた」

「よかった。かかった費用は？」

金のことになって、今度は元気君が心配する。

「和明工業には、きちんと支払った。そして販売には車両代に加算するように言った。

試作車をユーザーに見せた。好評は期待薄だが、やったという事実は伝わっただろう」

「それで終わり？　エンピツさん」

達人は不満気だ。

「もちろん我々技術屋集団も販売の一員。ビール会社の担当者が、たまが自動車を気にしてくれればいいと、現場を写した写真を、ケント紙に貼りつけて、最近、注目の低床2トントラックのカタログに載せ、販売から届けてもらった」

「なぜそこまでするの？　試作車を作っただけでも、十分だと思う」

　達人は心配が不満になったようである。

「試作車が満足ならばいいけど、不満なら、悪い印象だけ残る。それが、企画した担当者に良い結果をもたらすとは、限らない。知り合った相手が、困らないようにすることも大事だと思ってのことだ」

「販売は奥が深いね、元気さん」

「エンピツさん、費用はユーザーに請求できたの？」

「知らない。車は元々売り物だから処理できる。７００万円から流用した費用は、どうなったか、知らされていない……」

「ますます販売は奥が深い。ねえ、達人？」

「………？」

「似たような大型の例がある。

栃木たまが自動車の大事なユーザーの話だ。コンクリートパイルを作り、売る製管会社でパイル輸送で問題があるので、解決してくれとの依頼があった。

コンクリートパイルを、トラックの荷台に載せるには、クレーンを使うが、輸送先では歩み板とロープを使い、手さばきで一気に降ろしてしまう。その瞬間に、ロープの扱いを失敗して、大怪我をすることがある。

それを解決してくれ、ということだった。理論派実務課長と、三次カップ課長が連れ立ってユーザー訪問したときに、頼まれたことだった。

みんなと相談した。手作業に勝る荷役はない。狙いは作業時間がかかっても安全第一でいこうとした。

10トントラックに、前上部は荷台の鳥居に沿わせた、傾斜のあるやぐらを想定して、厚紙で模型を作った。その上にエンピツをのせてあれこれ考えた。色々な案が出された結果は、パイル前後2点をワイヤーロープで巻き上げ、小さく張り出したアームの上に載せて、やぐらの上に安定させる方法だった」

「聞いてて、何が何だか分からないけど……。やぐらだけは、長尺物運搬でよく使うから、分かるけれど、ほかはさっぱり分からない」

達人は正直だ。

「現物を見ても、動かさないと分からないかもしれない」

元気君も全容は分からないままだ。

「説明だけでは分かりにくいので現物を造ることにして、和明工業に依頼した。紙模型で説明したあと、時期をおいて、現物ができた。たまが自動車本社前で、まず実演した。大勢の社員の前でテストは何とか成功した。

ユーザーに披露したと聞いたが、あと量産の話はない」

「試作上物の製作費は請求したのかな?」

元気君はふと疑問に思ったようだ。

「特装架装メーカーには必ず請求通り支払いをした」

エンピツ君は元気君の疑問に答えなかったままで、次の話題に移った。

「消防車が6トン車の時代から、運転免許改正をきっかけに4トン車化の時代になっていた。4トン車は普通消防車と救助工作車の主力になろうとしていた。

消防を所管している自治省(総務省)から消防車の標準化の提案があった。自動車工業会を通し、消防車のシャシーを製作している自動車メーカーに、シャシーの標準化を依頼してきた。上物の消防車ポンプメーカーにも標準化の話があって、狙いは、高騰しつづける価格を抑えたいということだった」

「消防車で一番多いのは、ハシゴ消防車ではないようだけど、何？」

元気君の質問だ。

「普通消防ポンプ車と言われるものだ。消防隊員を乗せ、火災現場に急行し、ホースを引き回し、消防ポンプを発動し、噴射銃で火災を狙って消火する。一刻を惜しがる消防車だ」

「当時、よく見かける消防車は、屋根がなかった」

「達人、そうです。ボンネット型6トン級トラックシャシー、それもガソリンエンジンで、確かに屋根のないウインドシールドでした」

「ガソリンエンジンだったの？」

達人は不思議に思ったようである。

「その頃というよりは、それ以前はガソリンエンジンの馬力が上なので使われていた。始動は、プレヒーターでエンジンを温めて、補っていた。ディーゼルエンジンの開発が進んで、今はディーゼルに替わっている。

屋根のない理由は、消防隊員が飛び乗り降りするため。これにたまが自動車の6トンガソリンのウインドシールド車が使われていた。

消防関係担当者と考えて、標準化の車型を6トンから4トン車に決めて、シャシー部会で話し合った。大型トラック4社が主体のメンバー全員はそれでいいとなった。もうひとつ思いきって標準のキャブ付きシャシーを提案した。ウインドシールドは手間もコストも高くなると理由づけた。何日か後、会合があって、消防技官の回答が示された。

標準のキャブ付きシャシーでよしとなった」

「OKになったわけは?」

元気君の質問は早かった。

「キャブ付きでも乗り降りの時間は、それほど差はないとのことだった」

「そうか、キャブのあるなしにかかわらず、消防車後部に消防隊員が張り付いて乗っています。同じだ」

達人は納得した。

「さらに、特に冬場、鎮火後、隊員はずぶ濡れ姿だ。そのまま、吹きさらしの車に乗って帰るのだが、風邪をひく者が出る。キャブ付きだとカーヒーターをガンガン焚くことが有効だと分かった。キャブはWキャブで大丈夫。7人乗りなら、7人1班の構成だからちょうどいいと確認された」

「Wキャブなら、たまが自動車は、あるからよかった」

「達人、それだけでなく、特別仕様が必要なのでは？」

「元気さんは詳しい。消防車が好きですね。

消防士がヘルメットを着用する分、ルーフを高くする。消防ポンプの駆動用動力は、自動車用エンジンを使うので、フライホイールPTO（動力取出装置）が必要。

特にエンジンは消防検定協会の認定を受けることが最も必要で、それがないと消防車になりません」

「たまが自動車が、消防専任をおいていたのは検定のためだった……」

元気君は悟ったようだ。

「幸いにも、主力車種のエンジンは、検定を終わっている。あとはハイルーフWキャブとPTO付きシャシーの生産。あの時は4トン車が出荷されていたから大丈夫。2トンウルフのWキャブのハイルーフ車は、開発提案書を出したばかりの状況だったと記憶している」

「2トンのWキャブは工事現場で見かけたことがあった。あれは4ナンバーだった。ハイルーフは1ナンバーになるね。エンピッさん」

「そう、ハイルーフ化には、開発、工場の仕事が必要だ。

次のシャシー部会は、お互いに、標準シャシーとしてOKの車型と図面を提出すると決めていた。

消防担当と相談して4トンシャシーの20分の1の図面を付けた。そして、まだはっきりしない2トンウルフのハイルーフWキャブ付きシャシーを添えて、思い切って提出した。他社の中にはこれから4トン消防車に進出しようとしている所もあったようだ。4トンシャシーは全社揃ったようだが、2トンはたまが自動車だけだった」

「総務省の技官は、集められた資料を、どう扱うのかな？」

「元気さん、知らなかったことですが、全国の消防署に、2トンウルフの20分の1も送られたらしい。もちろん、標準化・コストダウンのコメントは付いていたと思われるけれど……」

「それは大変だ。2トンウルフなら、注文が殺到したでしょう？　今を考えれば、2トン級消防車はどこの消防署でも見られるくらい普及している」

「元気さん、そうです。2トン消防車は、消防活動に欠かせないものだった。

開発・工場もすぐ対応したし、出荷に全力をそそいだと思う。

会社を離れて、消防担当者に会ったとき、2トンウルフ消防車の当初の販売シェアは30％くらいだったかと聞いたら、いや60％でしたよと言っていた」

「そういうこともあるんだ。ところで、エンピツさん、ほかにどういう消防車があるんですか。元気さんも聞きたいでしょう」

「2トンから10トンのほぼ全部のシャシーが消防車になっている。そして地域の消防の要望に応じるため、色々な種類の消防車が開発されている。例えばハシゴ消防車は年々ハシゴが伸びる、救助工作車にポンプ付きもある、というように火災が発生する限り続くでしょう」

エンピツ君に続けて、元気君が言った。

「消防車の価格は、安くならないな」


「名古屋の乗用車・小型トラック販売会社の中京たまがモーター㈱から、調査依頼が来た。たまが自動車の販売本部長、鉄の石副社長が、中京たまがモーターの大実直社長に直接依頼された。内容は中川営業所が特装工場にふさわしいか調べてほしいというもの。大実直社長は元販売重役だった人、断れないよと言われ、誠意は人数でと、部下二人と一緒に名古屋に向かった。1泊2日の予定だ。

JR東海道新幹線名古屋駅で下りたら、大実直社長が、プラットホーム中央で仁王立ちになっていた。

概略話を聞いて、中川営業所に行き調べた。カメラで写真も忘れなかった。

その日の夜は、明日何を報告するかを熟議《じゅくぎ》した。

結論は特装工場はやめさせる。ただ社長を傷つけないような決め言葉が必要だ。この言葉を探すのに、0時が過ぎ、午前2時になって〝異質〟という言葉で説得しようと決めた」

「エンピツさん、特装工場にしたほうが、特装部にとって、力強いのではないの?」

達人は、せっかくの話、もったいないと思ったようだ。

「物を作って買ってもらって、しかも利益を出すことは、簡単ではない。それだけのことだ。

中京たまがモーターの会議室には全重役が集まっていた。口の重い技術屋が、黒板の前に立って、調査を報告した。

『中川営業所は周りに、田圃が多いが、いいかたちで、いい場所にあります。ただし特装工場には狭いと思います。名古屋は、東京にくらべ市場が狭い。市場が大きいので、東京たまがには特装部がありますが、外見より内情は非常に苦労しています。

結論ですが、小型店の中京たまがには特装工場は〝異質〟です。たまが自動車の乗用車、小型トラックの販売、サービスに集中したほうがよいと思います』と言った」

「社長は諦めた？」

達人は心配症だ。

「社長は、諦めてくれた。ホッとしたようだった。同席の重役には、大実直社長より、さらに胸を撫で下ろす様子がうかがえた。

終わり際に、特装メーカーとの情報について話をして東京に戻った。

帰ってから、写真をアルバムにして送った。間もなく、鉄の石副社長が、中京たまがモーターの大実直社長が非常に喜んでいたぞ、と言ってこられた」

「中川営業所はその後、どうなった」

元気君はやはり気になるらしい。

「数年の間に、田圃がなくなるほど、住居が建ち、中川営業所も名古屋一の成績を上げたと、聞いたことがある」

「700万円の開発費は減らないね。名古屋の件も、写真代だけのようだし……」

達人は言った。

「エンピツさんは、必要ないと主張したらしいけど、自分から使ったことありました?」

「ありました。特装部発足前後の頃でした。人が増えて、何とかしようと皆で考えた。会社も我々も元気になることはないか。

当時はやりの、小型SUV・LUV、いわゆるスポーツカー、レジャー的な遊び車などにアタックしようと決めた。販売価格の目標を50万円と決めた。

研究部から、テスト済みの小型1トンピックアップ車を借りる。あとで返せば、帳簿上も文句はないだろう」

「その1トン車、利益は出ていたの?」

元気君は鋭い質問が好きだ。

「原価を調べてみたら、藤沢工場の商品で利益がよかったほうだった。それが選んだ理由だった」

「本社で物を、どうやって造るんですか」

「まあ、聞きましょう、元気さん」

「全部外注です。板金に強い磯浜工業㈱に主旨説明に行った。

まず販売価格から説明に入る。販売価格は50万円にするので、量産時のボディー価格を、10万円以下にお願いしますと、説明し、開発費は40万円出すと約束した」

「50万円のＳＵＶ？　今では考えられない。軽自動車でも、今は１００万円前後するし……」

「元気さん、今から40年も前の話です」

「形はジープタイプ。ルーフもドアもなし。シートは前後２＋２で４人乗り。最初から雨もりＯＫ。プレス型はなしのパネル構造。

『デザインは自由、まかせます。あくまでも10万円ボディーでお願いします。シャシーは１トンピックアップトラック、上物を取りはずして製作してください』とお願いした」

「ボディーは10万だけれども、量産の約束をすれば試作代はいらないのですか」

「達人、それはない。試作開発費は別と、決まっている」

「試作費は通常の仕事の上を見て、40万円と定め、お願いした」

「磯浜工業は提案を受けた？」

「元気さん、安心して。当日かどうか忘れたが受けてくれた。

1トンボンネットトラック・ワットの搬入は自分らでやった。磯浜工業もちょうど年末、打ち上げの日で、社長が全社員を前に、今年もなんとか越せたと挨拶されていた。

「できたのは間違いないでしょうけれど、その後どうなったのか、知りたいな」

達人はやっぱりせっかちだ。

「本社販売で、さらりと見せて、研究部に返した。もともと研究部のものだ。また最初から売り物になるとは考えていない。ここまでで特装技術課の仕事は終わりだ」

「そこで終わりでは面白くないね」

達人に続いて元気君も言いたいことを言う。

「何かが起こっているから、エンピツさんが話をしていると思う」

「起こりました。研究部に返却した車両が個性的な若いデザイナーの手により、ミニモデルチェンジされて、その年のモーターショーに出品された」

「エンピツさんは、ミニモデルチェンジを知らされていた？」

「それはないな、達人。研究部は秘密を守る所だから。そうでしょう、エンピツさん」

「全然知らなかった。ところが、各社、似たような企画の車が、モーターショーに出品されていて、驚いたのを思い出す」

「え？　他社もＳＵＶ・ＬＵＶを出品していたの？」

「そうか、架装メーカーは、オープンだから、他社に秘密が流れても不思議はない」

達人に続いて元気君も解説者になったようだった。

「どんなＳＵＶが出品されていた」

「ケント技研が、軽自動車のドアとルーフを外したウインドシールド型の車、スペアタイヤは前面に格納していた。

キスキ自動車が、軽自動車サイズそのままでジープ型の４ＷＤ車を出品した。内径が16インチ系のタイヤを装着して渡渉性能を上げていた。この車、アメリカでも若者が砂丘で乗り回しての事故が多発し、話題になったことがあるし、今でも走っている。

大手乗用車メーカーも、４ＷＤのジープ型オープンカーを出したようだったが、はっきりと明言はできない」

「モーターショーでの評判は？」

達人は聞く。

「非常に良かったようだ。さらにモーターショーで見たと言って、若者に知られている服飾デザイン会社が会いに来た。会社の考え方と合っている、ぜひ展示コーナに置くだけでいいから貸してほしいと……。1週間ほどだったかはっきり覚えていないが貸すことができた。

ある箱根のゴルフ場が場内でピッタリの車だから、ぜひ欲しいと言ってきたが、4WDではないし、バルーンタイヤは装着できないし、芝生の上は走れませんと断った。が、ゴルフ場は諦めない。仕方ないので、試乗で不可能を理解してもらおうと決めた。箱根の仙石原にあるたまが自動車の保養所を拠点に1泊2日で課員ほぼ全員と出動した。課員にはテストを目に焼き付けてほしいチャンスだ。

ゴルフ場支配人の案内で、登りコースの芝生の上を走ってみた。勢いをつけて登ろうとしたが、すぐ後輪が空転してストップ。すぐタイヤの空気を抜いてみたが少し走ったあとすぐ空転。15%くらいの傾斜だ。最後の手段は、後ろの荷台の上に人が乗れるだけ乗ってテスト。やっとゆらゆらと登った。支配人も、無理だと納得してくれた。

帰りには、仙石原でソフトボールを楽しんだのを思い出す」

「そういう話、エンピツさんの所に回されてくるように聞こえるけれど……」

元気君は不思議そうに聞いた。

「回されたかどうかは知らないが、全部話を持ってこられたようだ。

ある神奈川県の元軽自動車メーカーが、社長、専務以下役員全員で、面会に来た。番頭役の専務が、もし量産販売するなら、４ＷＤ装置を製作したい、技術はもっている、自動車装置への復帰は社長以下の悲願であると言っていた。

今、４ＷＤの計画はありませんのでと、お引き取り願った」

「４ＷＤの計画はないというのは、本当？」

達人は疑ってかかってきた。

「本当だ。４ＷＤの商品開発提案書を出して、しばらくあとの話だから、その時は気持ちはあっても計画はなかった。

ワットの前輪はトーションバー式独立懸架方式、これなら前軸への駆動用プロペラシャフトが通るはずとみた。これならと、４ＷＤの開発を提案した。しかし受理されたと聞いていない。小型トラック設計に、同僚の北のアイデアマンをとらえて、図板上を見たら４ＷＤの計画図が描かれている。ぜひモーターショーの車の４ＷＤを頼むと言ったら、やれるけれど命令が出ないと言う。そのまま帰ってきました」

「モーターショー出品車の量産化は、決まったようなものでしょう？　エンピツさん」

達人は自信があるようだ。

「当たりです。シャシーは1トントラックのホイールベースを短縮するだけ。ボディーメーカーは、購買で決定したのが、あの同じ磯浜工業だったのだが、10万円は無理ですと辞退した。そして薄板にも進出の思いをもっていた産業プレス工業㈱が引き継いだ。

13インチタイヤのパターンをリブから、軍用ジープのタイヤに似せた、オフロードタイヤに変えた。タイヤメーカーの販売員に、鬼のようなパターンにしてくださいと頼んだら、たまが自動車からタイヤ仕様を相談されたのは初めてのことです、と言われびっくりしたことを思い出す……」

「月の販売は何台の目標なの？」

元気君、それが気がかりのようだ。

「計画目標は１００台。生産販売会議でそれを表明したら、生産管理部長だったか、工場長だったか、明言できないが、彼が言ったことは今でも忘れられない」

「何と言った？」

「忘れないとは、生産計画台数を増やしてくれたことかなと思う。元気さん、エンピツさんの話を聞きましょう」

「会議には20人くらいが集まっていたが、顔を見知っている人は、その人だけ。ただし現実はあまくなかった。

販売の言うことは、あてにならない。半分の50台にする。

すると、4〜5人先の横にいた、企画本部長だったと思われるシャープで歯切れのよい取締役（?）が、販売の計画通り100台でいこうと、言ってくれたので、反論もなく、あっさり100台に定められた。

発売までの途上で、産業プレス工業の責任部長が、10万では無理なので、値上げをお願いしたいと何回も来た。販売としては50万円の価格を達成したい。購買に頼んでいただくしかないと、言い続けた。結局、少し上物価格が上がったようだ。

車のネーミングも、キャンユーに決めた。宣伝部出入りのカタログ業者が来たので、思い切り明るくと言っただけで、あとは全部まかせると言った。できた試品を見たら、中央に、太陽が輝いていた。そのままOKした」

「ネーミングもカタログなども、エンピツさんが決めていたの?」

達人は何げなく声に出す。

「今から考えると、越権行為だったかもしれないが、その時は、面と向かったら、話を聞いただけです」

「達人、会社は一人では動かないから、気に病むことはない。ただしだ、社長一人が変だと、動かない会社もあるな。ところでエンピツさん、価格はどう決まった。50万円は維持できた？」

「49万5000円。発売日に、新聞で知った。何よりも、磯浜工業に試作を頼んだときの販売価格50万円で売ると言ったのが、達成されたので、ほっとした」

「車の仕様は、覚えている？」

達人は、ずばり聞く。

「エンジンは1300CCガソリン、駆動装置FR・2WD、ボディーはドアなしウインドシールドタイプ・幌付き、定員は4人と8人、小型トラックだったかな。4人乗りシートは2列前向き。8人乗りシートは、前席1列・後席は左右3人ずつのベンチシートだった」

「8人乗りで、小型トラック、なぜ乗用車でないの？」

車に詳しい達人でも分からなかったようだ。

「当時、乗用車には物品税がかけられていた。小型トラックには、それがなかった」

「あっ、分かった。それでキャンユーは、49万5000円の価格表示が可能になったんだ」

達人は理解したようだ。

「計画通りの価格で出て、立ち上がりの受注はどうだった？　エンピツさん」

元気君は冷静だ。

「聞いた話だが、５００台くらい、あったらしい」

「それはよかった」

達人は本当に嬉しそうな顔になった。

「その後、４ＷＤの話はあった？」

元気さんはやはり冷静だ。

「キャンユーに４ＷＤの話は出なかった。しかし藤沢工場の設計では４ＷＤの設計は進められていたようだ。

ある時、藤沢工場内に行った際、大きな建屋《たてや》があり、あれは４ＷＤに必要なトランスファー工場だと教えられたことがあった」

「トランスファーとは何ですか」

元気君は技術に目覚めたらしい。

「エンジンの動力を、トランスファーにより前輪・後輪に分ける装置、と言えば分かってもらえるかな。元気さん」

「少し分かった……気がするが、やはり難しい。あとでもっと教わるか……。ところで、エンピッさん、４ＷＤの動き知らなかった？」

「全然知らない。だから、この話は、大体こうだろうという想像話だ。

最初１トンピックアップ小型トラックを４ＷＤにしてから、アメリカ向けに、強化したり、タイ向けに変えたり発展させていく。アメリカの巨大自動車会社も、たまが自動車製品をきっかけとして、大型ピックアップ４ＷＤを開発し、生産の柱になっている……と思う」

「国内の４ＷＤは？　それとキャンユーはどうなったの？」

元気君は質問が楽しそうだ。

「タイ向けのピックアップ４ＷＤとベースを合わせて開発したキックホンを２ボックスタイプで出していた。派生車種も加えたり、ワンボックス４ＷＤなども出してきたが、ディーゼル規制とともに国内だけ販売中止としている。

キャンユーは、ドアなしやシートベルトなしが自動車の安全規準強化に適合せず、早々と消え去った」

「今の国内自動車に、ドアなしは見られない。高速化に追従して安全基準が強化されたからなんだ」

元気君はやっと落ち着いたようである。

「たまが自動車の歴史上、一瞬だったが、キャンユーは、誰彼なく好かれたような気がする。実際、採石現場を訪れたとき、8人乗りキャンユーから10人の建設職員が降りてきた。それを見て、多人数乗りの乗用車の予感がしたのを覚えている」

「今、コンパクトなワゴン車が、ワンボックス、2ボックスで、次々と発売されている」

元気君は、ここで一息入れてきた。

「キャンユーは特装部の仕事として、当然、オプションですね。特装部はどう進んでいきました?」

元気君は相変わらず落ち着いている。

「元気さんはいいことを言う。販売内の組織特装部は、オプションの仕事をしてたのだ。ユーザーも商品もない組織は、それでも仕事をしなければならない。

唯一の架装メーカーに送っていた架装資料作成の仕事を、大・中・小に分けた。

架装メーカーからの受領書をまとめ、全国架装メーカー一覧表を作った。初めての販売で一人でやってきた仕事だ。大勢でやる仕事でもない。増員不要といっても、人が増やされた。新人も二年続けてきた。藤沢工場の研究部・技術部からも人がきた。ベテラン社員もいた。

すべて技術屋だった」

「もったいないな。技術集団なんて……。何かできそうにみえるけれど」

「達人、企業は、利益を生み出す組織しか必要ない。特装部はその利益を生み出せたの？」

「元気さんの視点はすばらしい。特装技術課は利益を生み出さない仕事をやり続けていた。外から内からトラックの相談を受ける。上物は、架装メーカーができる。市販価格で買えば、シャシーに架装できて、納車販売できる。上物で困ることは少なかった。

しかしシャシーの場合、他社にあって、たまが自動車にない場合は、ないと言ってすめばいいが、販売は断りにくい。

工場から出荷されたシャシーに、後づけで改造しても、他社シャシーよりも安くできない。結局、利益を生み出すどころか、改造費用まで宙に浮いてしまう」

「開発提案はしたんでしょう？」

元気君は当然だと思っていながら聞いたようだ。

「提案した。が、どうしても無理だなと思われるものは、断ざるを得なかった」

「とすると、販売の中の架装コンサルタント的な役割ですね」

元気君は話をまとめにかかったが、エンピツ君はさらに続けた。

「コンサルタント役は、シャシーも架装も販売会社が主役だと思う。全国の販売会社がユーザーの要望を聞いて、車を納入している。知ってか、知らずか分からないが、販売会社が立派な車両コンサルタントだと思う。

メーカーの特装部は、販売の中では、脇役にすぎない。わずかな問い合せに応じている状態だった」

「そんな状態では、大勢の技術者を、どうするの？　暇《ひま》になれば遊ばせるの？」

元気君、痛いところをついてきた。

「前にも述べたが、大・中・小、それに消防担当を一人とグループ分けした。

特装業務課は大型・中型・小型のダンプの買い取りが主業務である。大量生産で安く買い入れ、販売会社がたまが自動車からダンプ完成車として購入する。

しかし大型ダンプは販売会社が1台1台、ユーザーの好みに合わせて、ダンプメーカーに注文、販売している。

大型ダンプで、たまが自動車の買い取り販売はやりにくい。大量生産を武器としてダンプを安く購入できたとしても、競合の厳しいダンプメーカーは、販売会社を訪れ、より安い価格を提示することになる」

「あっ、そうか。メーカーの大型ダンプ車は売れないで、在庫になるんだ」

元気君、分かったか。

「様子をみて造るから、そんなに在庫はない。ダンプメーカーも、たまが自動車向けのみを安価にするわけにはいかない。中型、小型ダンプも、他社トラックメーカーと同じ仕様だから、たまが自動車だけ特別に安くはならない」

「ダンプの仕様はなぜ一緒なんですか」

知っていると思われていた達人が質問した。

「ダンプの積み荷の土砂は、法により、立方メートルあたり1・5トンと定められている。したがって、ダンプのアオリが低い。

「あっ、そうだった。土砂はアオリ切りで定積だった。山積みはオーバーロードだと教わったことがある」

達人は正直者である。

「ちなみに、コンクリートミキサー車のコンクリートの比重は2・4、タンクローリー車のガソリンは0・75、灯油は0・8、軽油は0・85、重油は0・93と定められている。

話を元に戻しましょう。

特装業務課はダンプ以外、防衛省向け全輪駆動車のボディーを購買してたが、バスボディーも扱うようになっていた。どれも市販品の架装物なので、市場価格に近い価格での購入になる。それなら販売にいても変わらないだろうと、特装部に組み込まれたと考えられる。販売に購買権をもった課があるのは、販売からみると、金がいくらでも引き出せそうに思われていたかもしれない」

「その事実はあった？　エンピツ君」

と言って、元気君の顔は真剣になった。

「聞いていないし、なかったと思う。ただ価格は販売が定めるとなると、適格な利益が上乗せされて、販売されたかは定かではない。

特装業務課長に、企画から、弁の立つ課長が移って来た。やがて彼は、特装部を別会社にする嘆願書を書き始めた。Ａ３１枚の書き物は、ディーセル社長の目にも留まった。

それから毎日のように、川崎工場長だった人が、口の重い技術屋を訪ねて来た。ディーゼル社長から、特装会社設立の特命を受けたと言っていた。お互いに初顔合わせである。

特装会社設立はどう考えるとの質問には、反対だと回答した」

「エンピツさんは反対したんだ。賛成するかと思った」

達人は残念そうだ。

「実践的元工場長は、設立賛成を求めて、来たはずではない」

「なぜそう考えるの？」

「元気さん、賛成なら、発案者の弁の立つ課長へ直行して、新会社の構想に熱中すると思う」

「そうか、そうだね。それなら反対の理由を聞かないと……」

元気君の突っ込みが出た。

「反対の理由。今まで上物で困ったことはない。理由は簡単、上物で不可能ならば、ユーザーは諦めてくれる。

シャシーでは、ユーザーは引き下がらない。販売会社もメーカー販売部も納得しない。特に、他社にあり、たまが自動車にない場合は、シェアを他社に奪われるので我慢ができない。

この状態は、特装会社があっても同じ。

販売・購買・技術が揃えば一つの立派な会社だ。生き残り、食うために、必死に何か商品を作ろうとする。その商品が当たれば、当然、それに邁進しようとするだろう。またそうなれば、一介のボディーメーカーそのものだ。社員を養う会社とは、川崎工場長を経験された方には、すぐ理解可能でしょう。

特装会社が生まれても、特装部とは異なるが同じような組織が、メーカー販売内にできる可能性が高い」

「どうして、メーカーにまた組織ができると思うの？」

達人は、納得がいかないようだ。

「特装会社に販売部門があっても、販売会社は、メーカー販売部と一体の販売網であって、特装会社の出先機関ではないから、いきなり販売会社を訪問しても相手にされない。また、何かありませんかと訪問すると、逆にトラックを買うか売るか、手伝ってくれと言われる。その際、メーカーの販売部の後押しが必要となる。特に発足時は注意が必要だ」

「なるほど、自動車販売は、販売会社を通して売っているから、特装会社が単独でユーザー訪問もできないね？　エンピツさん」

「元気さん、分かりが早い。ユーザーへの相談も、販社社員と行くか、販社の許可を得てから行かねばならない。

最後に、実践的元工場長は、ディーゼル社長から、特装会社のほかに君の行く所はないぞと念を押されたと……言いに来た。

こうして特装部のほとんどのメンバーが移って行った。社長は元工場長。弁の立つ特装業務課長は入っていなかった」

「エンピツさん自身は、新会社に行けたの？」

達人は、エンピツ君が新会社に、当然行くものと考えすぎていたようである。

「特装会社設立に反対したことは、全社的に知れわたっている。新会社に配属されるとは思ってもいない」

「特装部での仕事は評価されたのでは？」

元気君はエンピツ君の目をじっと見た。

「評価されたことはない。むしろ、反対だ。商品面でできた実績より、できなかったほうが印象が強い。特装部は商品の遅れまで、責任を負わされたと思う。販売会社から商品の遅れにより、ユーザーを逃したと、責められたメーカー販売は悲痛な思いだったに違いない」

「エンピツさん、一人から人材が増え、特装会社にまでになった。これは大きな評価点だと思うけれど……」

元気君はエンピツ君そのものを気にかけたらしい。

「それはないでしょう。設立に反対したうえに、逃げたとみられると思う」

「結局、エンピツさんはどこへ決まった?」

元気君の声は低かった。

「本社販売本部サービス部」

(9) 商品改良情報はサービス部で集約

エンピツ君は老人ホーム施設に入所して、トラック好きな運転達人と、法にやや詳しい本音元気君と、同室になった。医師でもあるゾンビホーム施設長にありがとうと言いたい気持ちだ。エンピツとはいいニックネームだと思っているし、同室二人も素敵なニックネームだ。部屋の窓からは富士山も見える。

「エンピツさんが販売に異動したときは、一人放り出された感じに聞こえたけれど、サービス部での仕事は、待っていました？」

達人は一番気になることを聞いたようだ。

「大丈夫です。ちゃんとありました。サービス部には、大型車、小型車、乗用車それぞれの技術グループと資料作成と予算を管理する業務グループがあった。

その小型車技術グループリーダーになった」

「部下はいました？」

「達人さん、二人いました。ベテランの綿密係長と若手一人。販売会社・サービス部からの技術問い合せに対応している。大型車・乗用車技術グループも、それぞれの車種を担当して、問い合せに応じている。

　新型車が発売されると、取扱説明書や修理書を作成し、販売会社に送るなどの力仕事がある。もうひとつ、予算をもって、販売会社からのクレームに対応しているのが、サービス業務グループだ」

「特装部とは少し違いますね。固定的で継続して業務があるし、少しどころか、全然違いますね。エンピツさん」

「そうです。さすが元気さんは視点が合っている」

「販売会社には、サービス部が必ずあります。修理工場、サービス工場ともいう。施設がなければ、商売になりません。僕なんかいつも世話になっていた」

　達人は昔を思い出したようだ。

「サービス部は、サービス担当員と呼ぶ遊軍を支える役割がある。サービス担当員は、数店の販売会社を原則月1回訪問し、クレームを調べる。メーカー責任であれば、メーカーが補償するというルールになっていた」

「分かった。それで予算があるんだ」

達人、首を縦に振った。

元気君は、エンピツ君の話を聞きながら別のことを考えているようだ。そして思い切った様子で、質問した。

「特装部で扱った特装車は、サービス部のルートに乗るのですか」

「難しい質問ですね。上物とシャシーで分けると、上物は上物メーカー責任、シャシーはたまが自動車責任となるのが普通、しかし改造部分は、図面も何もないとすると、施工した所に責任が来るかもしれません。すなわち、企画・設計した本人に遡るでしょう」

「サービス部は受けないのですか」

元気君は熱心だ。

「サービス部は工場から量産出荷された商品なら、設計図などもろもろの資料から、修理書を作れる。

特装部の扱ったものに、図面はめったにない。修理書などサービス必需品は何もない。したがって正規の品物のみ、正規のサービスルートに乗ることができる。そして全国のサービス網が完成される」

「結局、特装部は、その時、そのつど対応する以外に方法はないようですね」

達人は結論を急いだようだが、元気君は……。

「きっと、特装部は、サービス部に嫌われたと思う。そうなるとエンピツさんは、大変だな」

「元気さん、大丈夫、その点は。普通に、よくあることでしょう。

サービス部は商品不具合情報をまとめ、商品改良提案を工場・開発に伝える大事な仕事ももっていた」

「エンピツさんも、何か改良したことあった？」

達人の率直な質問だ。

「少しはあったかも。

これから、サービス部で関わった話をしましょう。必ずしも改良と言えないこともあるでしょうけれど……。

移ってしばらくして、真夜中に電話がかかってきた。綿密係長からだ。

2トン積みトラックウルフのキャブ（運転台）が燃えてしまった。そこで、原因究明に行く、早朝に現地訪問するとの通知だった」

「火事とは大変ですね」

元気君に続いて、間を置かず、達人が続いて言った。

「元気さん、トラックは燃える物体です。塗装も石油製品で、燃えやすい。もちろん、電気配線の漏電、エンジンの燃料洩れ、オイル洩れなどが原因の火災も発生する。最近のトラックは対策が進んで、火災はほとんど起こらなくなったように思います」

「ありがとう。達人、よく教えていただきました」

「車両火災で最も恐ろしいのは、放火です。タイヤが燃え出したら、手を付けられません」

エンピッ君が放火の話をしたら達人が、また口を挟んだ。

「そうそう、荷台から、何かが、キャブと鳥居との間に落ち、それに火がつき、火を吹いたまま走るトラックと並走したことがある……」

「現場に着き、焼けただれたキャブの内部を調査する。

経験豊富な綿密係長と調べる。まずバッテリーを調べた。ヒュージブルリンク（ヒューズ）は溶けて切れていない。漏電は生じていない。

次に足元のマットをはがす。すると、そこにタバコの吸い殻があった」

「原因はタバコと、言えるの？」

「元気さん、そうは言わない。綿密係長は不明と伝えますと言った。ただし吸い殻も火災の原因になりますと伝えた。ユーザーにも納得してもらった」

「燃えた車は?」

　達人はやはりトラックが大事といった様子だ。

「保険とかがあるでしょうが、販売会社に後仕末をお願いして、帰った」

「話は変わります。ナックルアームというステアリング系の、鋼鉄製鍛造品が折れたことがあった」

「えっ、ステアリング系の、重要保安部品でしょう。これは重大ですね。エンピツさん」

　元気君は心配顔になった。

「そう……。その時も綿密係長と、一緒だった。途中、彼に教わった。ステアリング系が折れるのは、低速走行時で、高速走行時は折れないと、彼は言った」

「そうだ、高速道路では、ハンドルが軽いというよりは、やたらにハンドルを切らないで、自動車にまかせて運転したような気がしてきた」

「達人さんはすごい。肌で運転を知っている。自動車は真っ直ぐ走れではなく、真っ直ぐ走ります、という性能をもっています。上手な運転は、自動車の性能に乗ることでしょう」

郵便はがき

料金受取人払郵便

新宿局承認

2414

差出有効期間
平成28年 8 月
31日まで
(切手不要)

1608791

843

東京都新宿区新宿1－10－1

(株)文芸社

愛読者カード係 行

ふりがな お名前			明治 大正 昭和 平成	年生 歳
ふりがな ご住所	□□□-□□□□			性別 男・女
お電話 番 号	(書籍ご注文の際に必要です)	ご職業		
E-mail				

ご購読雑誌(複数可)	ご購読新聞 新聞

最近読んでおもしろかった本や今後、とりあげてほしいテーマをお教えください。

ご自分の研究成果や経験、お考え等を出版してみたいというお気持ちはありますか。

ある　ない　内容・テーマ(　　)

現在完成した作品をお持ちですか。

ある　ない　ジャンル・原稿量(　　)

名				
買上店	都道府県	市区郡	書店名	書店
			ご購入日	年　月　日

書をどこでお知りになりましたか?
1.書店店頭　2.知人にすすめられて　3.インターネット（サイト名　）
4.DMハガキ　5.広告、記事を見て（新聞、雑誌名　）

の質問に関連して、ご購入の決め手となったのは?
1.タイトル　2.著者　3.内容　4.カバーデザイン　5.帯
その他ご自由にお書きください。

（　）


書についてのご意見、ご感想をお聞かせください。

内容について

カバー、タイトル、帯について

弊社Webサイトからもご意見、ご感想をお寄せいただけます。


協力ありがとうございました。

お寄せいただいたご意見、ご感想は新聞広告等で匿名にて使わせていただくことがあります。

お客様の個人情報は、小社からの連絡のみに使用します。社外に提供することは一切ありません。


書籍のご注文は、お近くの書店または、ブックサービス（0120-29-9625）、セブンネットショッピング（http://www.7netshopping.jp/）にお申し込み下さい。

「エンピツさんの言う通り、自動車を怒らせるような運転は避けるべきだ」

達人が強く言ったので、笑いが広がった。

「現場は広い駐車場で奥に事務所があった。中央をタイヤの幅程度の溝が横切っている。ピンときた。その溝はタイヤが引っかかったり、はまったりするのに、適当な幅・深さに見てとれる。そこにタイヤがはまったままハンドルを切ったに違いないと推察して、事務所に入った」

「その側溝は大型トラックなら、平気で乗り越えて行けるんだと思う。よくある。建物を解体したコンクリート面の端など、そのままの所がある」

達人は実感たっぷりに言った。

「事務所には、ドライバーセールスマンが4～5人長椅子に座って休んでいた。彼らに側溝が前輪をはめこんだらしいと言ったら、かすかに笑って話を静かに聞いていただけた」

「怒られなかったの？」

元気君の想像とは違っていたようだ。

「全然そんなことはなかった。

側溝を埋めるなり、蓋をするなり、お願いして帰った」

「それはよかった。しかし、それでいいのかな?」

達人は不満を隠さなかった。

「商品改良提案が提出ずみのはずだと思う」

元気君はエンピツ君を、じっと見詰めたまま言った。

「その時は、何も考えずに藤沢工場の小型設計部長に話しに行った。

彼は、図面は出図してある。しかし、その部品は、モデルチェンジかミニモデルチェンジのときに運輸省(国土交通省)の認可を受けてからでないと使えない。それまで、現行でいくと言う」

「自動車は、公道を走るから、認可が必要な商品なんだ。エンピツさん、ご苦労さん」

元気君が本当に理解したのか定かではない。

「次に塗装の話をしましょう。

2トン積みルートバンの塗装が、剝がれるほど良くない、ボディーが錆びる問題が出てきた。

ボディー製作の大鶴車体工業を訪ねた」

「大鶴車体といえば、あの頑固一徹社長？」

「元気君は記憶がいい。そうです。

大鶴車体へ綿密係長と行った。設計でキャブの図面を描いていた若者が、相手のサービス部長だった。

サービス部長は言った。台数が少ない2トンルーバンは子会社の磯浜工業で、組立て塗装をしている。パネルは大鶴車体や協力プレス会社から搬入して、ルートバンに仕上げている。

途中、パネル輸送中油や汚れがつく、そのまま塗装するから、塗装品質が悪い。それを見直すと言った」

「その説明は、分かりにくいですね」

達人はいつものように率直だ。

「三人が会合している部屋は、社長室の側にある。設計時代に見知った場所だなあと思いながら、二人のやりとりは進んでいた。しかし、いっこうにらちが明かない。

開けっぱなしの入り口を見ていたら、頑固一徹社長が通りかかり、応接室内を見た。

『エンピツさん、何しに来た』と言って、中に入り、あっと言う間に座った。

改めて話の内容を、熱心に聞いてくれた。聞き終わったら、思いも寄らぬことを言った。

『エンピツさん、申し訳ない。磯浜工業がこれほど忙しくなるとは読めなかった。塗装の設備は入念に考えていなかった。

1年待ってほしい。3000万円かけて、ボディーがジャブ漬けできる塗料プールを造る。それまで我慢してほしい』と……」

「サービス部長と綿密係長はあっけにとられた様子だったでしょうね。そうでしょう、エンピツさん」

達人は見たようなことを言う。

元気君は頑固一徹社長が気になっていたようだ。

「エンピツさん、その後、その社長に会った？」

「その後、一度も会えなかった。後年になって、現役で亡くなったと知った。そして、大鶴車体工業は、出資会社のたまが自動車に吸収された。大鶴車体工業の工場はたまが自動車の藤沢工場に移設、鶴間駅近くの跡地は、大手小売業者などに売却された。

頑固一徹社長が社員の福祉を考えての企業年金と持ち株会は、実施されていた。年金制度はたまが自動車にも発足をうながし、持ち株会は、個々にたまが自動車が誠意をもって買い取ったと思う。はっきりしたことは当事者でないので分からない。

型工場は立派に稼動していたが、工場移転と同じ運命だったと思われる。

また、自社ブランドで電動式構内車が販売されていた。会社吸収とともに、社員はたまがに引き取られたと思う。

3テーマとも、頑固一徹社長の思いの込められた事業だった……」

「会社は社長でなり、社長が亡くなると消えるんだ」

元気君は一人でうなずいていた。そして彼は付け加えた。

「一方のエンピツさんは、生命力ありそうだから、サービス部にい続けられそうですね？」

「いや、1年で、サービス部を離れることになります……」

⑽ 外回りの声を社内に届ける

老人ホーム施設の食事後、運転達人と本音元気君は互いに耳打ちをした。

「達人、内かね、外かね？」

「いや、人事だけは分からない。エンピツさんの話を早く聞くしかないね」

エンピツ君は長いトイレを終えて、遅れて来た。

「次の職場は、小型車販売部サービス担当員グループリーダーだった」

「エンピツさん、小型車とはウルフ？」

「達人さん、当たりです。ウルフが主役の販売部に違いないでしょう」

「部長は知っている人？」

元気君が最も聞きたいことだったようだ。

「三次カップ部長だった」

「えっ、あの初代特装技術課長だった人だ」

「元気さん、彼は、特装部時代に、こう言ったことがある……、俺《わし》は販売会社の社長になるぞ……と」

「そうすると、小型車販売部長は、その途上なんだ。そして、エンピツさんは彼に拾われたのに違いない」

「元気さん、そうだと思う。彼が部長になって、すぐに、『君を半殺しにする』と言ってくれた」

「それ、何？　よく働けということ？」

「達人、それ当たっている、きっとそうだ」

「小型車販売部は販売担当員の東西2グループがある。サービス担当員は、乗用車販売部のサービス担当員と、全国の乗用車と小型車を扱っている販売会社を分担し合う」

エンピツ君は二人の思わくをやり過ごしてサービス担当員について、話を続けた。

「担当した販売会社は、福陽たまがモーター、新山形たまがモーター、新秋田たまがモーター、盛岡たまがモーター、それから津軽海峡を越えて、札幌たまがモーターの5店だった。乗用車および小型トラックの販売・サービスをしている小型併売店で、両方のクレームをチェックすることとなった」

「大型トラックは扱わないのですか」

達人は寂しく感じたらしい。

「大型トラックは別の老舗販売会社が販売している。たまが全体の屋台骨です。

東北・北海道はその中でも、シェアが高い地区と言われていた。

仕事は販売会社サービス部とのクレーム処理と、月1、2回の販売会議とサービス会議出席があった」

「販売会社の月一回の訪問なら、難なく回れそうですね。達人、運転の経験から考えてどうですか」

「うーん。途中、会議があると、出席しなければならないとすると……当時、新幹線もないし、楽ではないな」

「達人はやはりよく知っている。

当時は、『あけぼの』『北星』などの夜行寝台列車に乗った。東北本線、奥羽本線、田沢湖線に乗りました。北海道札幌だけは、航空便で行った。その時は、必ず旭川営業所に行くようにした」

「大体、1地域何泊ですか」

達人はやはり気になるようだ。

「ほとんど1泊2日の行程だった。札幌は航空便だったので、旭川営業所サービス工場に行ける時間があった」

「旭川のサービス工場？　冬場に旭川のサービス工場にトラックを入庫したことがある。手が鋼鉄にくっついて離れない。超凍《しば》れる。涙が出そうになった。初めての旭川だったけれど……」

「達人、そうなんです。ウェバストヒーターで熱風を吹き付ける。しかし、整備員は風邪をひくと、販社サービス部長が言っていた。札幌以外は、本社のみの訪問がほとんどだった。三次カップ部長には、販売会社訪問は初回が大事だぞ、と念を押されたのを思い出す」

「部長は、案外、エンピツさんを気遣っているね」

「部長が、部下を気にするのは、当然でしょう。達人」

「初回は、必ず社長と面談しなさい、と言われた。まず、福島の福陽たまがモーターの部長と専務に面接。徹底して聞き取ることにした。実力専務は、メーカーは良い商品を出荷してくれるだけでいい、売るほうはまかせて、と言った。

新山形たまがモーターは、社長が静かに語る人だった。販社サービス部長は知識・経験が豊富で、好青年だった。

新秋田たまがモーターは、社長が銀行出身である。初回訪問では必ずこう言うことにしていると……。

――金を持ってこい、でなければ、出入り禁止だ！　来るなと言うことにしている――」

「それでエンピッさんは何か言った。それとも頭を下げて引き下がったか。もちろん、そのあとサービス部で仕事をしたと思うけれど……」

元気君の先読みは、当たらなかった。

「社長に応じた言葉は……。

――私にも、同じことを言ってください。明日、また、おうかがいします――」

「それで……社長は?」

達人もどうなるか、気にかけていた。

「あんたは、信用できると言って、販売会社経営がいかに大変かを、話をしてくれた。商品の不備、不具合については、聞いていると思うが、全然触れていなかったように覚えている。販社サービス部長は取締役で、サービス課長と一緒に会った。もちろん、クレームについては、提出されたすべてに承認印を押した」

「福島も山形も、同じように、すべてOKしたんですか」

「元気さん、OKしようがしまいが、エンピツさんが決めることでしょう。なぜ質問するの？」

「達人、承認印を押すことは、たまが自動車の金が支払われることだと思うけど……」

「元気さんが詳しく話された通りです」

「そうか、クレームは複雑ですね」

達人はそう言っても、半分くらいしか理解できなかったようだ。

新秋田たまがモーターの社長の言葉が、気になった口の重い技術員は、宿でメモに変え、三次カップ部長に差し出した。

すると、彼は次のように言った。

「エンピツ君、これ、メモ書きを続けなさい」

それから、口の重い技術屋が、エンピツ書きのメモで、伝言することになっていく。

「販売会社を1カ月に1回、何度か回ってクレームの承認印を押しているうちに、妙なことが集約されてきて、非常に気になってきた」

「妙なこととは？　何ですか、知りたいな」

達人は聞く、その早さは運転時の反応そのものだ。

「バッテリーの交換クレームだ。元は、エンジンのかかりが悪いという。おかしいなと思いながら、サービスのみならず、販売員の声を聞いてみよう、盛岡たまがモーターに聞こうと決めて行った」

「盛岡なら販売の声が聞けるんですか」

元気君は理由が知りたいようだ。

「盛岡たまがモーターにもサービス部にサービス部長はいたが、クレーム担当の窓口は、実力のある販売次長が務めていたので、販売の実情が聞きやすいかと考えただけ。

実力の販売次長とクレーム処理を終えて、第一線の販売員から話を聞きたいとお願いした。販売次長は、数秒考えたあと若い販売員を呼んだ。

階段を上って姿を現した彼は、こちらを見向きもせず、次長の耳元で、『この人には、本当のことを言ってもいいですか』と口元が少し震えていた。彼の言葉は丸聞こえだった。

販売次長は、気に止めず、『この人は大丈夫だよ、信用していいよ』と言った。

若い販売員は、ウルフ販売がいかに苦戦しているか、その理由は、エンジンがスタートしない、これから寒くなると、ますますユーザーに逃げられていると、なめらかに語ってくれた」

「ウルフには寒冷地向けの特別仕様はないのですか。強化バッテリー搭載仕様とかの準備はしていると思う」

達人はやはり第一線のドライバーだ。

「あります。それを言ったら、相手にされなかった。

標準仕様と異なるだけで、手に入りにくい。在庫の融通もやりにくい。価格は高い……などで、うまく回らない、これが東北を回った各社の声だった」

「北海道はどうでした？」

元気君の追っかけ質問だ。

「札幌たまがモーターは、さらに別の事実が重なった。販社取締役サービス部長は、自動車に詳しい。そして販売業務部長も同席して話し合った。エンジンのバッテリークレームが多い、販売の状況を教えてくださいと頼んだ。

そうすると、今まで発言を抑えていたのが吹っ切れたように口を開いた。

北海道ではウルフは１５０（1トン級）がよく売れていた。圧倒的シェアをもっていた。

１９００ＣＣディーゼルエンジンがスタート性能に秀れ、評判が良かったのだ。

それが今では、向こう正面の札幌ヨタタ㈱に、たまがユーザを食い荒らされている」

「ヨタタ自動車のディーゼルエンジンは、そんなに良かったかな？　ディーゼルは、たまがと思い込んでいたけれども……」

「達人、ありがとう。そうなんです。

札幌たまが自動車の取締役サービス部長も、ヨタタ自動車のディーゼルエンジンはたまが自動車より秀れているとは思わない。この弱点を本当に知っているのは彼ら自身であって、実車で対策せざるを得なかったはずだ。

彼らの１トン～２トンの小型トラックのバッテリーを強化し、エンジンを強引に回してスタートしている。これが、彼らの戦略だ。

社長や重役も同意見だった」

「それらをエンピツでメモした？」

元気君はメモ書きをしたか気にした。

「そのつどメモし、本社に戻ったとき、肝心な部署に、社内便で、スピードが命だと思って、すぐ送った」

「肝心な部署とは……どこ?」

元気君はなぜか知りたくなった様子だ。

「よく思い出せないが、エンジンスタートの不具合を考えると、元凶はバッテリーだけに限らない。スターター、ACジェネレーター、そしてエンジン本体も関係があり得る。この場合の配布先は……。

本社は、まず上司の、取締役、部長、それから販売企画、商品企画、サービス、それから、開発は、開発取締役、小型トラック設計、小型エンジン設計、小型車研究実験、藤沢工場検査などの部に送った。もし必要だと思えば生産管理、部品部など、部長宛に送った」

「なんだ、それなら全社だ」

「元気さん、たまが自動車は大会社なのです。メモはどこで書くの?」

「発言者の目の前でも、書くようにした。宿や、列車の中でも、会社でも書き直したりして書いた。

このエンジンスタート問題で、エンジン設計部に、問い質《ただ》したくなって、藤沢工場、エンジン設計部長クラスに会いに行った。ふと顔見知りの小型エンジンの権威部長と会ったので、ウルフ150ディーゼルエンジンは、スタートが良かったのに悪くなったようですがと聞くと……。

『あのエンジンは世界一の始動性があった。しかし、排ガス規制強化に備えるため、着火を遅くした。それでエンジン始動性能が、若干落ちた』

ぜひ排ガスも性能も良くしてくださいと言えただけだった」

「やはりエンジンが、問題だったんだ」

達人は変にうなずく。

「エンピツさん、車としての始動性は良くなった？」

元気君、結果を聞きたい様子。

「約半年後にミニモデルチェンジがあり、認可された。新型諸元表を見ると、バッテリーは強化型より上の仕様に上げ、ＡＣジェネレーターの容量は約１・５倍ほど発電容量が増え、スターターは減速ギヤ付きに進歩していた」

「減速ギヤとは？」

元気君は粘っこい。

「減速によりモーターの高速回転を助け、トルクを増し、始動性を良くする方法です」

「エンピツさんの話は難しい。それにしても、藤沢のウルフは、傷が直ったんですね」

たまが自動車のトラック好きの達人は、ホッとしたようだった。

「エンピツさんの手書きメモは、読まない人もいると思うが、どうですか」

「気にしません。気を付けた点は配布先です。配布先は最終ページに、列挙しました。実際に行動を起こす人がいたら、動きやすいと考えてのことです。元気さん、分かっていただけますか」

「なるほど。一人では何事もできない、ということですね。次は何の話ですか……」

「塗装のクレームの話をしましょう」

「トラックの塗装？　今は、良くなっていると思うけど、昔の話ですか」

「達人が運転していたトラックではなく、乗用車の塗装クレームの話です」

「塗装でクレームとは、具体的には、どんなものがありますか」

元気君には、イメージがつかめないようだ。

「塗装の不具合は、さっと見て分かりにくい疵《きず》だ。俗に色むら、たれ、ぶつ……などと言われるが、一つだけでも高い修理代がかかる。部分修理で終えても、色違いに見えると指摘されたら、どうしようもない。

したがって販社サービス部は、勢い全塗装修理をする。その全塗装クレームが、わずかに表立ってきた。

メーカーサービス部も全国集計を見て、動かざるを得なくなった。藤沢工場で対策会議を開くこととなる。

会議室には、勝負強いサービス部長を先頭に、乗用車担当員、小型担当員約10名が横に並んで座る。

向こうは、藤沢工場の関係者が座る。生産管理部長、塗装工場責任者、検査……などなど立ち見の人もいたと覚えている。

会議は、本社サービス側の実情説明から始まった。最初に、勝負強いサービス部長が発言した」

「その勝負強いサービス部長は、エンピツさんの上司だった人ですか」

元気君の問いを聞き流して、話を続けた。

「彼は、まず、『藤沢工場には、日頃、何かとお世話になっています。ご苦労様です。塗装は良くなってきています。さらなる塗装品質の向上をお願いします。

これからサービス担当員に、実情を説明させます』と言った」

「勝負強いサービス部長は、まず工場に感謝の気持ちを表したんだ」

今度も、エンピツ君は聞き流す。

「乗用車サービス担当員が、実情を説明した。

乗用車サービス担当員のリーダーが実情を説明する。ほぼ勝負強いサービス部長と同じだ。

5人ほど続いた実情説明も、工場に感謝し、よろしくお願いするという内容だ。

次が口の重い技術屋の順番になった」

「達人、エンピツさんは、何と言ったと思う？」

「分からない。常識的には、勝負強い部長に合わせたほうがよいと思うけれど……」

「それだったら、時間がもったいない。部長が表明しただけで十分だと思うが……」

「元気さんの言う通りだとも思うけれど……」

「ご存知ですか、から始めた。小型乗用車ジキニの全塗装修理代は、16万円、スポーツカーの7《セブン》クーペは17～18万円かかる。大きな損失だ。

さらに7クーペの後上部の両側面に張りつけてある光る板、あれはステンレスとは呼べない。ステンフルだ。材質は元に戻してくださいと頼んだ。

すると、5人ほどの小型サービス担当員は、塗装品質で販売会社の販売サービスがいかに苦労しているかの事実を、口に出した」

「エンピツさん以降は、率直に物が言えたんだ」

元気君はしんみりとしていた。

「会議が終わって、大勢の関係者が解散しているなかから、顔見知りの生産管理部長が近づいて来て、すれ違いざまに言ったことは？……」

「またエンピツさんのクイズが始まった。工場は大変だぞ、とでも言ったか」

達人は現場の味方か。

「設計で一緒だった人だ。彼は『販売は、何でも好き勝手が言えて、いいな』と言った。

ステンレスは、ありがたいことに、すぐに元に戻してくれた」

「ステンレスの材質は、認可の対象じゃないんだ。主テーマの塗装の品質は？」

元気君の言葉には感情がこもっていた。

「今のたまが自動車の塗装は、非常に良くなっている。スリーコートとか、ファイブコートとかと、噂が出るくらいだ。しかし当時は、塗装設備が、十分といえなかったと思う。今の評判になるまでは、相当の工場努力と時間がかかったようだ。

元気さんへの回答は、当時はすぐには良くならなかったと言うしかないな」

「ふーん、ところで、エンピツさん、スリーコートって何？」

「自動車の塗装は、下塗り、中塗り、上塗りの3段階になっている。下塗りは、ボディーを塗料のプールに、ジャブ漬けする方法で行う、いわば錆止めの工程。これを3回繰り返せばスリーコートとなる。

元気さん、これでいいかな」

「あっ、ファイブコートは、5回か、大手の乗用車メーカーは、乗用車を宝石のように仕上げるのをモットーにしていると、何かで読んだことがある。それなんですね」


「もう一つ、塗装の実話を聞いてください。

札幌たまがモーターのクレーム処理を続けていたら、全塗装修理が一件あったので、承諾しようとしたら、業務部長が割って入って、まだありますと、十数件、まとめて出して見せた。あわてて、押印を中止し、現物を見せてほしいと、車両置場に行った。

乗用車ジキニのボンネットを見ると、微小の赤黒いぶつが全体に広がっている。これは陸送中に何らかの不都合が起きたに違いないと皆で話し合った」

「藤沢工場から札幌までの陸送は、海を渡る必要がありますね」

達人は、やはり詳しい。

「その通りです。海上輸送は、東京の大井埠頭から、北海道の苫小牧港へのルート、あとは陸上輸送となる。

本社、車両部に電話した。車両部は何も聞いていないと言う。藤沢工場の車両検査に聞いたが、問題は起きていないと言う。

札幌たまがモーターの業務部長は、陸送中の事故ならば、保険会社が保障できると調べてくれた。

本社に帰って調べ、結果を知らせるから、保険は準備だけしてくださいと依頼して、東京に戻った」

「陸送の専門会社が、責任ないわけはないな」

元気君のつぶやきだ。

「本社に帰って、すぐに藤沢工場に隣接している、たまが陸送㈱へ急行し、何か問題はなかったかと聞く。陸送会社の社長は、顔見知りの元部長だった人。彼が林海運㈱を教えてくれた。

直ちに、林海運を訪れ、林専務と話ができた。そして、大井埠頭へ調査に同行しますと言ってもらえた」

「エンピツさんが一人で動いたの？　疲れるなあ」

達人は同情口調だった。

「こういう問題は、当事者以外、理解されないと思うね、エンピツさん頑張れとしか、言いようがないね」

「翌日、さっそく大井埠頭のモータープールに向かった。林海運の林専務は先に来て待っていた。

ジキニを見て回った。ない。辛抱を腹に込めて車を見て歩く。と、林専務がありましたと手を上げた。そこには、ひとかたまりになって、ボンネットが塗装よごれを示していた。

ここ以外、すべて、かかわっていない。問題はこのモータープールだ。原因は？

林専務はしばらく考えたあと、港湾事務所に行った。間もなく帰って来て、驚くべきことを口に出した。

『エンピツさん、数週間前、ここから500m先で、大型貨物船の補修塗装があった。その時の塗料飛沫が、乗用車ジキニに付いたのに違いないと教わってきた』と……。

さっそく札幌たまがモーターに電話連絡した」

「原因が分かって、よかった。

エンピツさん、この職場は、長続きできそうですね」

「元気さん、残念、はずれです。１年ほど経て職制編成のときに、半殺しにすると言った三次カップ小型販売部長に呼ばれた。

彼の事務机の脇に立つ。

――君が、販売企画部に、引っ張られている。行ってこい！」

しばらく沈黙が続く。

「エンピツさんのことだ、黙っていないな？」

元気君は他人事のような口ぶりだった。

「今さら、役に立つかなと言ったら、彼はたまが自動車のおかれた状況が、どうのこうのと、小声で言ったが、はっきりとは思い出せない」

⑾ 太くて短い商品企画

老人ホーム施設長が、３人部屋を通りすがりに覗いて消えた。３人の無事平穏を確認したようだ。

「エンピツさんが、どんな話をするか楽しみだ。元気さん、そうでしょう」

「彼、結構、面白くしようとしている。達人、そう見えない？」

「見える。本当、少し感じる」

「お二人さん何を話しているんですか、なんでもない？　そうですか。それでは、話を進めます。

販売企画部長は本好きの取締役。前身は人事部調査課だったとか。もう1人、元自衛隊将官だったと見られている、目の奥が光る参与を紹介された。彼は、情報管理に精通している。

その参与が手書きのエンピツメモを見て、販売本部長の鉄の石専務に、本好き取締役を通して、口の重い技術屋の引き込みを進言したらしい」

「らしいとは、はっきりそうではないの？」

達人は何だか不満のようだ。元気君が言う。

「達人。人事は口が堅いのが原則です」

「その目の奥が光る参与から情報について色々教わった。

例えば、新聞・雑誌など公表された印刷物だけで、90%以上の情報が得られる。また、嘘も情報のうちとかを、やさしく話してもらえた。

間もなく1トンワンボックスディーゼルFRトラックの試作車プレゼンテーションが藤沢工場研究部であったので見に行った。

開発主査が、エンジンをスタートさせ、どうですかと言ったので、このスタート時のカリカリ音を消せと強く出た。

彼は、無理は承知でしょうと反論した」

「あのディーゼルエンジンのカリカリ音、実際に2トンディーゼルウルフで、集合団地へ引っ越し荷物を運搬したときですが、団地の住人から寝れないと言われたことがあった。

それをエンピツさんは言ったんだ」

「経験していたんだ、達人は。開発主査は初めて言われ、びっくりしたのに違いない」

元気君は、開発主査の味方になった。

「さらに、小型エンジン設計部の若手が近づいて来たので、快調にエンジンが回転音を出している車を指差して、このディーゼルエンジン音を下げるよう、言ったんだ」

「エンピツさん、今度は若手を……」

元気君、自分でびっくりしたようだ。

「その若いエンジニアは困っただろうな」

元気君は相変わらず同情的だ。

「その若手は、ガソリンエンジンより下げていいんですか、乗用車より下げていいんですかと応じてきた」

「エンピツさんは、何と言って攻めた?」

達人も気になったようである。

「エンジンは、乗用車もワンボックスも同じだろう。このエンジン音が下がれば、乗用車も下がるだろう、と言った。

後日談になるが、オフセットピストンなどが考案されて、カンカン音は緩和される」

「オフセットピストンはよく分からないが、特許が取れるかな?」

元気君は肝心なことは逃さない。

「ほかに例がなければ、出願していると思うが、実のところ、分からない。

試作車見分のあと、会議室で意見交換をした。販売から10名ほど来ていたので、次から次へと発言させ、黒板に書き、手書きメモに残した。

内容は、トラックではなく、乗用ワゴンへ、それから4WDなどの目玉商品が必要との要望が出ていた。

このメモは、若手の同僚がまとめてくれたので、影響のある関係各所に、配布した」

「例のエンピツメモの配布先の考え方ですか」

「元気さん、その通りです」

「4WDなんか可能なんですか」

達人は全輪駆動車の可能性が気になるようだ。

「試作車のフロントサスペンションがトーションバー方式なので、トランスファーからのプロペラシャフトが通るはずだと、若手の要求に従った」

「ワゴン化と4WD仕様の追加は、開発としては忙しくなるな」

元気君は開発を思いやる様子。

「この車、ネーミングを販売でフルカーゴとつけた。そして販売台数を月1200台と決めた」

「少ないけれど、理由はあるの？　エンピツさん」

達人は信じられないようだ。

「他社には同クラス車が販売されている。さらに大衆的ワゴン・バン型車が売れている中での推定値、4WDなど日本初目玉でもあれば変わるかもしれませんが……と言うのが販売企画部の考え方だった」

「他社にあれば、苦戦市場ですね」

元気君は、計画台数1200台を認めたようだった。

「販売で名付けたネーミングの説明に、企画本部に行った。相手は3人、1人はシャープで歯切れのいい常務、彼はキャンユーの生産立ち上げのとき、助言した人。2人目は、直情圧力型取締役、最後は設計で一緒に遊んだサード部長。一方こちらは1人、ネーミングをフルカーゴにしましたと説明しようとしたら、3人が身をゆすって騒ぎ出した。

月3000台販売を、1200台とは。3000台と約束した、販売本部長鉄の石副社長に責任取ってもらうと、シャープで歯切れのいい常務が言った。

『ちょっと、私は名付けの説明に来ただけ。台数計画は大手の後追いで、しかも4WDのような先手商品もない』と言った」

「3000台はどこから出たの？」

達人は不思議に思ったようだ。

「採算ラインからじゃないかな。部品メーカーにも関連があるから……」

元気君の解説だ。

「台数の決まったいきさつは分からないが、じっと話を聞いていた。

するとシャープで歯切れのいい常務が、『次の乗用車は、100人の若手社員を集め、意見を集約し、開発に反映すれば、売れる商品になる。今100人会は動き出したぞ、エンピツ君』と言う……」

「エンピツさんは、未来の乗用車の話を聞いて、喜んだ？」

「達人、それはない……と思うよ。黙って聞こう」

「100人会と聞いて、それで乗用車が売れるという保証はどこにありますかと、反論した。

そこで会合は終わり、ネーミングの説明に来ただけなのにと小声で言ったら、シャープで歯切れのいい常務は『エンピツ君、頑張れよ』と言った。

鉄の石副社長には、企画本部長が約束違いで、責任取れと言いに来るから、応対を、とお願いした。

すぐにシャープで歯切れのいい常務が、鉄の石副社長室に入って、すぐに出て帰った。販売本部長鉄の石副社長は、腹をくくってくれたようだ」

「結果がどうなったか知りたいな？」

達人は単刀直入に聞く。

「発売時には、別の部署だったから、確実とは言えないが、発売直後の登録台数は１２０２台だったと思う。大事なのは生産台数の１２００台だったと思うので、ほぼ一致したから、ほっとしたのを覚えている。

さらに４ＷＤ車が本邦初で追加され、寒冷地で持てはやされた。販売会社も売り抜いたと思うが、大手他社も４ＷＤを開発し、すぐ混戦模様になり、最後のとどめは都条例の排ガス規制だった」

「エンピツさん、排ガス規制強化で、見なくなった車は、他にない？」

「元気さん、たぶん２ボックスＳＵＶ４ＷＤのキックホンだね？　たまが自動車には珍しい小型オフロード車で、渓流釣りに乗せてもらったことがある。最近、見られなくなった」

「達人さん、また当たりました。友人も乗ってくれていたけど、残念がっていた。

キャンユー2WDが、安全対策強化で生産中止に追い込まれてから、ようやく国内に現れてくれた本格的オフロード4WDだと販売会社も気合いが入っていた。

この車、当初キャンユーのようにルーフなし幌付きソフトトップのみだったので、急遽、日本は雨の国だぞと、ルーフ付きハードトップを主流にさせたことを覚えている」

「ソフトトップは売れた？」

車好きの達人は、すぐ気になったようだ。

「全然、売れなかったようだ」

「エンピツさん、ハードトップが受け入れられて、よかった」

「達人、本当にたまが自動車の車が好きなんだ。私は別に自動車の味方ではないが、あの都条例は、生まれて、しかも大事に使われている現車を、ギロチンにかけた。異例の規制でした。排ガスが出ている車は今後も苦労する。そうでしょう、エンピツさん」

「次に進みましょう。ここで乗用車の話をしましょう」

「エンピツさん、乗用車もやるの？　オフロード車どまりかと思っていたが……」

「元気さん、乗用車もトラックも、走る道具には違いがないのだから、まあエンピツさんの話を聞くことにしよう」

「2ボックスの新デザインのスポーツカー、好評だった7《セブン》クーペの後継車だ。気合いが入ったか、入りすぎたか、エンジンがなんと4種（?）も用意されていた。2・0ℓDOHC、1・8ℓSOHC、そして1・8ℓキャブレターがあったが、さらにディーゼルエンジン搭載の計画もあった。もっと驚くべきは、スポーツカーとしたいがためか、エアコンも付いていない。そこで部内会議だ」

「エンピツさんは何を言った?」

「3つか4つか、エンジンが並んでいる。開発が、エンジン単体としても車両としても全部を仕上げる時間も力も不足している。むしろないと言ったほうがいい、と言った」

「排ガス対応を考えても、人と時間は大変だね。小型開発は人材や開発費が豊富なのかなあ。そこでエンピツさんはどうした?」

元気君はエンジンの種類が多いと、排ガスの現物テストだけでも、容易ではないと思っていたようである。

「エンジンは2・0ℓDOHC1種だけにして、開発の力を集中したほうがいいと言ったら、若い企画マンも、それでいこうとなった。

そしてエンピツさん、開発を説得してくれとなった。

ちょうど、乗用車企画担当が、藤沢工場の研究部で、乗用車設計部長らと会い、ジキニの次期モデルチェンジの打ち合わせがあると聞き、同席することになった」

「ジキニはセダン型小型ディーゼル車でした。燃費の良い車だったなあ」

「達人、燃料の軽油の税金も低く抑えられていた時期でしょう」

元気君は記憶がしっかりしている。

「研究部の狭い会議室に入ると、乗用車設計部長とデザイン部次長の2人。こちらは乗用車企画部長と2人。

最初のテーマは次期ジキニのモデルチェンジ。販売からの要望に対する回答である。

こちらの議題はのちほどということで黙っていた。

乗用車設計部長は、販売からの要望を、すべて却下した。要望は何項目かは定かでないが、10項目くらいはあったか、ひとつとして取り上げないのには、本当にびっくりした」

「何なんだろう？　まかせろと言う意味か」

と、達人。

「販売への不信感か」

と、元気君。

「分かりません。ただ黙っていられなくなり、重い口を開いた。

後席が狭い――、シートの窓際の角を削って誠意を見せたらいかが。前席の下部に、後席乗客のつま先が入る工夫はできると思う。足もとの箱の角を少し丸めるのも誠意が伝わるだろう。

小物入れの要望――前席の背当てにカタログの収納袋をつけられるかもしれない。室内を見て、何を入れるではなく、小物入れありきで工夫されたらいいのでは。

エア吹き出し口の格子――毎回格子デザインを変えるのではなく、たまが自動車らしさのデザインで訴求していくというのは、ありでは。

ヘッドランプ――へこんでいるヘッドランプは、中のエンジンが小さいと想像される。へこみなしのデザインにして、中に目一杯の強力エンジンが収められていると感じさせる工夫もある――などと言った」

「乗用車はトラックと違って難しいね」

「達人、すべて物づくりは、大変です。エンピツさん、言っただけで、すんだのですか」

「もう一言言いました。

設計の若い人がいるでしょう。その若い人はジキニを何とかしようとうずうずしているはずだ。彼らに思いっ切り、考えさせたらどうだろう——と言った。

二人は一言も発しなかった。

次のテーマ、ピアスタのエンジンを1種に絞る提案は、静かに聞いていた。改めてエアコンの標準取り付けをお願いした。


3人と別かれて研究実験棟に行く。

小型研究実験部長とは初対面だった。

ピアスタのエンジンはガソリン2・0ℓDOHC1種にして、走りを納得するまで磨いて、最高の性能にしてくれとお願いした。

彼はしばらく、硬い表情のままだった。何秒か間をおいて『それならできる。考えさせてください』と言った。

その後は、今、研究部は、忙しくて、大変な状況だと話してくれた
「何が大変なんだろう?」

と、達人が言うと、すぐ元気君が後をとった。

「達人、排ガス対策を考えても大変だと思う。４つのエンジン、４種の車両の実験をやらねばならないとしたら、考えただけでもぞっとするね」

「元気さん、しかし、４種を扱う担当者が仕事を続けたいし、車と一緒に世に出したいと願うのは、当然でしょう」

「技術者は仕事を与えると、後先考えず、どんどん行きたがるからね。

ところで、エンピツさん、その後、開発から反応があった？」

「あった。翌日出社して、しばらくすると、乗用車企画部長が走って来て言った。

――エンピツさん、ピアスタに、エアコンは付けると言ってきた。

さらにジキニのモデルチェンジ内容は再考する。そのために、あるライバル会社の同級の車をティアダウン（分解チェック）すると電話で連絡してきたと言う。

いつも静かな彼は、珍しく少し興奮しているようだった」

「売り出し結果を聞きたい。そうでしょう？　元気さん……」

「販売までに、職場が変わっているから、詳しい数字は分からないが発売当初は１万台に近かったと聞いている」

「仕様はどうでした。要望は採用されていた？」

元気君はモデルチェンジの中身を知りたい様子。

「ほとんどの要望が通っていた。それよりも嬉しかったのは、エンジン音、車の走行音が非常に低くなっていたこと。ディーゼル特有の音だが、以前よりは軟らかく感じられた」

「あのオフセットピストンが採用されたんだね、きっと」

元気君にはまだ記憶力が残っている。

「えーと、7《セブン》クーぺは、エンジンのＥＣＧＩ（電子制限ガソリン噴射装置）が有名だったと思うけれど……」

「さすが達人、7クーぺを運転したことがあるんだ、ピアスタが、当然、引き続いていると思うね……エンピツさん、そうだね」

⑿ 乗用車は他社へのお宝

「エンピツさんは、トラック野郎だと言っていたが、ついに乗用車にも手を出した。トラックも乗用車も根本は同じなのかな？」

運転達人と、本音元気君はひそひそと話し合った。

「元気さん、考えるより、彼に聞くか」

「それがいい。たまが自動車の乗用車の話が聞けるかも……」

「何を話しされていたの？　２人で……」

「エンピツさん、乗用車とトラックの違いは何だろう、と聞きたくなって……」

「違い？　走る道具としては双方同じでしょう。見た目には、大きさ、それも、荷台の大きいのがトラックとされる。

乗用車には後部にトランクルームがあるが、法的に荷台、荷室とは見なさない」

「乗用車の中にも、大きなトランクルームが見られるが、乗用車ナンバーが付いている」

達人の実感だ。

「法的には1㎡以上の面積があれば荷台です。しかし荷台の高さが、1m未満なら、荷台と見なされない。軽自動車は0・6㎡以上がトラックです」

「大型トラックは見た目、荷台が主役だと分かりやすい。7～8人乗りワゴンと、9人乗りバンの違いが分かりにくい……」

「元気さん、それは、自動車ナンバーで、判別されたらいいと思う。そうすれば、面倒臭さから離れられると思う」

「そうだね。税金や保険も関連するから、複雑だ。ですけど、エンピツさん、バンとワゴンの構造の違いは知りたい気分だ」

「バンとワゴンのボディーは同じと考えて……意識して変えるのは、足まわりの強化程度でしょう。バンは、荷物を積んで耐えるよう、サスペンションを丈夫にする」

「まあ、どちらも、人、荷物を運べる便利な車だ。ただ、車検がワゴンが3年、バンは1年となっている。この車検扱いの違いが、売れ行きに影響を与えている」

「元気さん、何か言いたいみたい」

「達人、海外では、ピックアップトラックなどが、思い通りに使われ、走っていると言いたいだけだ。

エンピツさん、人1人の重さは何kgですか」

「55kgです。そして、乗用車は、定員10人まで。それ以上は、バス扱いになり、全長7m未満29人以下がマイクロバス、30人以上は大型バスとなる。

それから、運転手、乗員、乗客とも、全員シートベルトが必要です。高速道のバスの乗客はシートベルト装着が義務となった。ただし路線バスの乗客はシートベルト装着が、やむを得ない場合として、免除されている」

「1人55kg、乗員10人以下の乗用車のたまが自動車の話を聞きたいな。エンピツさん」

元気君は思いをさらけ出したようだ。

「乗用車の話？　たまが自動車は、乗用車から撤退しているし……」

「昔だけれど、あのジキニディーゼル車、乗ったけれどよかった。あの車でエコラン競技会で1ℓ30kmの燃費を出したのがいたな。夏場、窓も開けず、エアコンもなし、汗びっしょりで走ったらしい」

達人は、本当にたまが自動車が好きだ。

エンピツ君は、ぽつぽつと語り始めた。

「終戦直後のことは、ちょっと分からないけれど……」

エンピツ君の言葉尻を元気君が取った。

「終戦直後は、自動車の製造を禁止された。少し月日をおいて解禁となったが、大手自動車メーカーは、労働争議が続き、相当苦労したと先輩から聞かされた。

行政も動き出す。メーカーごとに生産車種を絞らせようとしたらしい。トラックメーカーはあせった。いっせいに外国乗用車メーカーと提携して、乗用車生産に走った。そして比較的長く続いたのが、たまが自動車だった、でいいですか、エンピツさん」

「その通りでしょう。

RR（リヤエンジン・リヤドライブ）の乗用車は、高速化で、安全性に問題ありで消えた」

「RRで有名な軽自動車。4人乗りで、砂利道を2サイクル360CCエンジンで、結構走った。あの車も消えた。それからFF（フロントエンジン・フロントドライブ）4サイクル360CCエンジンの軽自動車は人気に火が付いた。それも消えた。何か問題があったようだったが、エンピツさん覚えている？」

「達人は、車好きですね。FFの軽自動車は確かリコール騒ぎになった。フロントドライブシャフトが左右異なり、急加速で余計な動きが出たらしい。がFF大衆乗用車で巻き返しが成功している」

「高速道路・高速走行で乗用車もトラックも、苦労したんだ」

「達人、たまが自動車も苦労の連続だった。

東京・大森工場で日1000台の英国車生産の技術を生かし、モノコック（フレームなし）型2ℓガソリンとディーゼル2車種を発売した。しかし、当時は砂利道多しで、敬遠されたか、急いだ販売が響いたか、超有名なスポーツ選手を宣伝に使ったが思わしくない」

「あのラベルディーゼルは、燃料は安くすんだ。乗りこなせた人は得したと思う」

「達人はやさしい人だな。

次はラベルの弟分のベレッタ、サイズを小さくし、4輪独立懸架サスペンションは、他社をびっくりさせた。しかし、追いかけるように後軸の独立懸架をリジッドに変えても、マニアベースに好まれただけ……。やはり、早すぎたようだ。その次は、室内空間を重視した、FR乗用車、リーリアン。ファミリー層に好まれたが、激戦区であり、静かなモデルは他社、新社攻勢に押されていった。次が7《セブン》クーぺ。1・6ℓECGI（電子制限式燃料噴射装置）付きで、走りが良く、スポーティーな外観も受けて、売り出したが、マニアレベルの売れ行きを突き抜けることはできなかった」

「ここまでても、新基軸の装置が十分ありそうですね。発売されて、すぐ相手方の研究材料になったと考えられるものは？」

「元気さん、カタログを見れば大体分かるでしょう。電子制限式燃料噴射は、排ガス規制をクリアするには、必需品だと思う。

デザインは、盗み合いだから、発売すればいいところをマネされる業界でしょう。

いい例が、7《セブン》クーペの後継車、ピアスタのドアミラー。本邦初だったが、フェンダーミラーとの視認性の技術的検討を自動車工業会にさせた。もうその時から、新鮮味がなくなったと言える。ピアスタFRスポーツカーは、数カ月遅れて発売された。これからの乗用車は、タクシーや、教習車を例外として、ほとんどドアミラーになっている」

「トラックの中でも、他社の学習になったものはあるでしょう」

「達人、あります。

2トントラックのFFが造られ、販売したのはあまり知られていないが、1台だけ他社に売れたとの伝聞止まり。特装部の頃、研究済みのFF2トンを借り、若手に4WDを造らせて、研究部に戻した。小型研究部は改めて、試乗テストをしたようだ」

「エンピツさん、研究済み車両の再生は、キャンユーの試作のときと同じですね」

「達人、その通り。キャンユーは軽自動車の４ＷＤ化を刺戟した。もちろん乗用車の４ＷＤ仕様も早まったと思う。たまが自動車自身も４ＷＤに必要なトランスファーで、アメリカ、タイなど、目指す市場を増やしている。車の形はピックアップでありながら、道路の末端はオフロードと言わんばかりに、世界を走り回っているでしょう」

「エンピツさん、国内にも面白い４ＷＤ車があったでしょう。キックホンとかなんとか、前にも話された」

「達人、そうでした。話の流れで、ここでも言わなければいけませんね。

例の、キックホンに続いて、ストームとかミルクなど姉妹車が売られたが、いずれもトラックナンバー、１年車検でパッとしない」

「３年車検にできないのはなぜか、さっぱり理解できない。元気さん、分かる？」

「排ガス規制が引っかかって、乗用車にできない様子だ。そうでしょう？　エンピツさん」

「そうでしょう。内情は全然知らないので、はっきりとは物が言えないが、キックホンのガソリン車の３ナンバー以降は１ナンバーだった。理由は元気さんの推察通り。排ガス規制は、乗用車に厳しく、トラックには甘い。甘いほうに、ミルクは逃げたのが、本当でしょう。もうひとつ、国内の要望が見えず、輸出車を先に開発し、国内に回したかもしれません」

「エンピツさん、今までの話だけで、失礼だけれど、キャンユーSUV以来、フレーム付きSUVが張り切って、アメリカ、タイなどで、受け入れられたように見えますけれど、どうなの？　エンピツさん」

「結果的にそう見えますね」

「そうすると、戦後、砂利道だった道路が舗装され、高速道路ができていく進行方向とは反対だったのが、たまが自動車の乗用車だったかもしれませんね、栄光の車ラベルはフレーム付きのあとに出現すればよかった」

「元気さん、うまいこと言うな。エンピツさんも同感ですか」

「確かに、ヨタタ自動車の当時の主力乗用車は、モノコック構造にサブフレームが付いていると言われたり、サンイチ自動車の小型乗用車は、全輪独立懸架は採用していなかったように覚えている。だからこそ、たまが自動車は、独自性を前面に商品をつないできた」

「確か、ＦＦで乗用車が発売されました。ジキニをＦＦにしたあと、リーリアンの後継車といったスルガが出ました」

達人は本当にたまが自動車の車に詳しい。

「ＦＦジキニはめったにないフルモデルチェンジ車。販売は力を入れた。それなりに売れたが、次期モデルチェンジを待ち望むようになる。スルガもＦＦ車だが、走りがおとなしい。排ガス対策が走りに障ったようにも思えたが、推測に過ぎない。藤沢工場を支えるまでには至らない。

最後のたまが自動車のＦＦジキニがフルモデルチェンジされ、期待された。

販売して間もなく、新社長は全幹部を前の第一声で、乗用車撤退を宣言した。

背の高い鋭い目付きの新社長は、久しぶりの事務職、経理に強いと言われている若手。シャープで歯切れのいい前社長の抜擢だ」

「前社長は１００人会について、エンピツさんと議論になった人でしょう?」

元気君のさりげない問いを、エンピツ君は無視した。そして逆に二人に質問した。

「達人、元気さん、たまが自動車の乗用車は、何を残したのだろう?」

「たまが自動車は、デザインがユニークだと思う。ドアミラーのピアスタは、ウエストラインより窓ガラスラインが下がっていて、ドアミラーが見やすかった」

「達人は、こまかいところを見ているね。他社デザイナーには参考になったでしょうね。たまが自動車の乗用車がユニークに見えたのは、台数が少ないからでしょう」

「エンピツさん、そればかりではなくて、達人のように、他社よりも、たまが自動車が好きだと言う人もいたのでは……。デザインは、乗用車の大事な要素だけれど、自動車が増えれば増えるほど、排ガスのゼロエミッションの追求のほうが、強くなっていたのは間違いない」

「元気さん、そうなると、たまが自動車の乗用車のエンジンが、徹底して研究されたかもしれないね。そうでしょう、エンピツさん」

「見たわけではないので、はっきりしないが、ガソリンエンジンの電子制限燃料噴射装置や小型ディーゼルエンジンの燃料噴射装置やガバナーなどが、いい研究材料になったでしょう。消防車のガバナーは水圧まで検知するなどの研究があったと聞いている。

たまが自動車のディーゼル社長は、〝ディーゼルはたまが〟とディーゼルエンジンを、乗用車に搭載することをうながした。

他社は、色々なエンジンを乗用車に載せるたまが自動車を、ありがたい研究材料提供者として、見ていたと思う」

「そうか、乗用車を選ぶとき、エンジンが沢山あるので、困ったことがあった。

ガソリンとディーゼル、排気量の違い、ターボチャージャーがいいか悪いか、難しいなと思った」

「達人の迷いは、分かるな。ユーザーにとっては、持てるエンジンは一つだから、メーカーが色々揃えて、迷わしてしまったということですね」

「それが逆に、他社には、いい研究材料になったでしょう。

しかし、たまが自動車は、たぶんエンジンを数多く造っただけでは、排ガス対応に追い付けなかった気がする」

「元気さんの読み通りでしょう。特にディーゼルエンジンはＮＯＸの還元に苦労する。そして苦労すれば苦労するほど、他社のエンジン戦略にヒントを与えたと思う」

「エンピツさん、大手がディーゼル乗用車を出さないことを言っているのかな。でも小型トラックはディーゼルエンジン。当然、研究を進めていると思う。

そうだ、エンピツさん。トラックの中にも他社が欲しがるアイデアはあると思うが……」

「元気さん、ちょっと考えさせて……。

小型トラック、ウルフはいくつかアイデア装置があった。

停車時エンジンを止める、アイドリングストップ装置は相当昔から用意していた。

坂道発進補助装置、坂道でずり落ちないようにした装置、これを他社は学習したと思う。

機械式自動変速装置、マニュアルトランスミッションを自動的に変速する装置、これは電気油圧式コントロールのきっかけとなった。今は大型トラック、大型バスの変速が、スイッチ式になり、女性でも軽く操作できるまでになっている」

「おかげさまで、操作が楽で、長距離走行運転でも疲れないですんだ。

エンピツ君、大型トラックで、乗用車に役立ったものは、ありますか?」

「達人、大型トラックですか、エアサスペンション、オートクルージング(一定高速走行装置)、エコナビ(エコロジーな運転信号装置)などを思い出すが、どれも知られている装置です。参考にはなったでしょう」

「エンピツさん、大型トラックが、高速で減速するとき使用する排気ブレーキや、リターダーは、乗用車の参考にはなりませんか」

「達人は実際に運転しているから、詳しいですね。

乗用車は1~2トン程度の総重量ですから、25トン大型トラックに比べて、非常に軽い。排気ブレーキは排気管に蓋をしてエンジンブレーキを強化させた装置です。乗用車は、エンジンブレーキで、十分かと思います。

リターダーは強力な永久磁石を出し入れし渦電流を発生させ、ブレーキ回転力を熱に変え、その熱を、外部に逃がす装置。これも、乗用車になくても、ブレーキ力は十分でしょう。リターダーの場所（?）変速機のすぐ後ろです」

「ちょっと待って、エンピツさん、その渦電流の熱、捨てるのもったいないな。素人の考えだけれども。発電してバッテリーに蓄電できないかと思う……」

「元気さん、電気に詳しいようですね」

「電気は若い頃、ちょっと、かじりまして……」

「元気さん、言わせてよ、もしかすると、逆に電気を流せば、電気モーターになる?」

「達人、ピンポーンです。電気を流せばモーターになり、ブレーキ力で回せば、発電機になる。そうですね?　エンピツさん」

「そうです。そして、危ない想定ですが、リターダーが、ガソリン車と電気自動車の二つの性能を合わせもつ、ハイブリッド車のヒントになったかもしれない」

「エンピツさん、きっと参考くらいにはなったと思う」

「いや、違う。乗用車メーカーは、自前のアイデアで、ハイブリッド車を開発したのに間違いない。ただし、ガソリンエンジンと、電動モーターのマッチングテストは、大変だったと思う」

「なぜ、そう思うのですか」

元気君は、エンピツ君のつぶやきを聞き逃さなかったようだ。

「エンジンと、モーターが互いに助け合うとは決まってはいない。どちらかが、足を引っ張るかもしれないのが気になる」

「そうか。それで、ドライバーの思い通りにならない走りが出るかも？」

元気君は熱心だった。

⒀ 中古車は一品一価

「たまが自動車の乗用車中止は悲しいね」

「達人が悲しんで、何になるの？」

「答えは——何にもならない。でも、エンピツさんから、乗用車の話は、もっと聞きたいな。あるよ、きっとあるよ」

運転達人と本音元気の話はエンピツ君を思いやってのことだ。


「新社長就任より遡ること、5～6年、先の販売企画部の時代にいったん戻ります」

「元気さん、またエンピツさんの話が聞けるね」

「販売の立場で開発と、あれこれ仕事しているなか、ある日、上司の本好き常務から中古車へ異動と言われた。そして、君の後釜に、どうだろうと示された人は知っている人だった。

本好き常務に、言うことを聞くかなと、問われたので、真面目な人ですと答えた」

「中古車部は中古車センターに事務所があるのですか」

元気君は道路に面している、街の中古車センターを思い描いていたようだ。

「メーカーの中古車部は、中古車展示センターを持っていません。スタッフとして、販売会社中古車部を支える役割です」

「あっ、そうだ。特装部は、販売会社に窓口はなかった。中古車にはあるのだから、大違いだね」

「元気さん、心配かけました」

これを聞いて、3人で大笑いした。


「異動は、エンピツさん1人？　それだけではないような気がする。大きな職制変更があったような気がする」

「どうして、そう勘ぐるわけですか、元気さん」

「だって、たまが自動車の乗用車が新車のときには売れても、他社の攻勢もあって、尻つぼみになったと思える。達人は、たまが自動車の全部の車が好きなようだから、分かりにくいでしょうけれど……。エンピツさんどうですか」

「乗用車の話を聞かれて、そう思われるのは、自然だと思います。

藤沢工場建設に力をそそいだディーゼル社長が、〝ディーゼルのたまが〟をスローガンに、開発および生産、購買の精鋭を販売に異動した。時期的にスポーツカー・ピアスタ発売の直前でした。

開発本部長　→販売本部長陸侍副社長
購買本部長　→大型販売本部長粘力直進常務取締役
生産から二人→販売業務部長日進取締役　車両部熱弁部長

「え、販売が乗っ取られた」

達人は本当にびっくりした様子だった。

「販売に来た人、販売は初めてなんでしょう？　エンピツさん」

「元気さん、口の重い技術屋も、販売は初めてでした。彼らは全員、雄弁の方々だ。ディーゼル社長の特命があったのは間違いないでしょう」

「エンピツさん、彼らは前の職場に限界を感じ、逃げ出したと思うけど……」

「それはないと思う。もしそれを許したら逃げ出し社員ばかりになってしまう。

むしろ、開発した車を売り抜きます、と言ってディーゼル社長を動かしたと見るほうが近いかも……」

「どちらにせよ、販売会社ともども、活発に動ければいいこと。そうでしょう、エンピツさん」

「中古車部長になって間もなく、販売企画部長の直情型取締役の送別会に参加した。

新東京たまがモーター転進が決まったという。

事の顚末はこうだ……。

2ボックス2・0ℓDOHCスポーツカーの月販売台数は3000台と計画されていた。

それを、3000台は売れません、1000台くらいです、と直訴したらしい。

それが、ディーゼル社長の逆鱗にふれてしまったらしい」

「エンピツさんのワンボックス・フルカーゴのときと、全く同じだ。エンピツさんなら、叱られる程度ですむ」

「元気さん、それはない。

ディーゼル社長が就任後、5時間を超えるマラソン総会に耐えたことがあった。

しかし彼は、役員でない総務部長を即座に解任した前例がある。地位の上下には関係ない。直情型取締役は、送別会の席で、本場のシャンソンを歌いながら涙を流した」

「取締役を、1人外したんだ」

「元気さん、企業は一人で終わるほど、簡単ではありません。

工場は3000台ペースで進め、売れればいいが、実際が1000台になったら、シート布地をはじめ、資材・部品は在庫の山になるでしょう。部品メーカーの信用もなくなる。工場や、開発の販売不信感が強まる……」

「エンピツさん、それくらいで十分に分かりました。次にいきましょう。

そこで、もう1人新鮮な営業職員、大型車販売部本部長、粘力直進常務は、動かれました？」

「彼は、購買本部長の時から販売活動してきたというところから始まった」

「何？ 購買の仕事はやったの、やらなかったの？ どうやって販売の活動をしたのかな？」

「元気さん、仕事は一人ではできないと言ったばかりでしょう。購買の仕事はしっかりやっていたうえに販売活動をした。それに違いないと思います。

彼は販売に号令をかけました。ギブ（ＧＩＶＥ）作戦を展開すると、販売に号令をかけた。彼自身、購買本部長時代に、ギブ作戦を実施した。部品メーカーから運送会社へ、運送会社から、次のターゲットへ紹介してもらい実際に売れたと言った。そして、まだまだ、たまが自動車のトラックを売る隙間はたくさん残っている。皆で頑張ろうと、気合いを入れた」

「販売できそうな隙間。他社もターゲットにしているでしょうから、激戦ですね。販売は結果です。やってみるだけですね」

「元気さん、そういうことで、販売は動き出した。

販売店総会が開催された。全国のたまが販売会社が一堂に集まる大会議でメーカー側はゲストの立場。

有力なたまが販売会社の社長が協会長に選ばれ、壇上に立つ。決められた理事が発表される。例えば、総務担当理事には、労使問題に詳しい、愛媛たまが自動車㈱の権略社長にお願いした、と紹介する。

このあと、協会長が最後に発する言葉が、何回か出席したが同じだった」

「たぶん、販売会社への売り価格を安くしてくれとお願いした？」

「達人、それもあるが、いい乗用車の開発を急いでほしいとも言われた。いずれにせよ、メーカーへの要望は商品でしょう」

「元気さんの考えの通りです。

たまが自動車にお願いしたいと初頭の発言があり、ぜひメーカーは商品づくりに、力を入れてくれ、あと、売るほうは我々販売会社にまかせていただきたい、と言われた」

「協会長は、はっきり物が言える実績の販売会社社長が選出されるようですね」

「元気さんは、見えてますね。販売会社からも尊敬される人が、協会長になっていました」

「中古車部長は販売店総会に出席することだけが仕事ではないでしょう。ほかの仕事を知りたいな」

達人はいつものように、飾り気のない言い回しだ。

「販売会社にはしっかりした中古車組織がある。その組織の活性化を助けるのがメーカーの中古車組織の仕事です。

全国を北海道、東北……とブロックに分け、中古車部部員が、ブロック会議に出席し、情報交換を行う」

「部内の人員は？」

達人の質問だ。

「理知的係長、部員が5名、うち女子社員1名の7名の部で、彼らに助けられた。各ブロックの担当を理知的係長と決めた」

「メーカーは直接販売はしない。となると、販売会社の中古車部の仕事を、簡単に教えてください」

今度は元気君の質問だ。

「新車を売った際、下取り車が出ます。下取り車に価格を付け、売り抜きます。

そして、利益が出ればOK、でなければNO。

以上が中古車販売の原則」

「中古車販売で利益が出ないと大変ですね。よく見ないと問題すら分からなくなる……」

「元気さん、そうなんです。価格にも色々あります。

新車販売価格
下取り価格
中古車販売価格
そして、新車と下取りの間に新車販売利益

中古車販売と下取りの間に中古車販売利益

関係する人、業者は……。

新車販売員（中古車を扱うこともある）

中古車販売員（中古車を買うこともある）

中古車ユーザー、中古車業者、解体業者」

「中古車を扱う人は、経験と信用がなければできないな」

「達人、もう一つ、経営者の後押しがないと、立場ないな」

「元気さん、いつも感心しますが、言われる通りです。中古車政策を一つだけ紹介します。

社長が新車の販売実績のみを重視し、新車販売時の大幅な値引きを許し、下取り車は、中古車部の査定値を無視して高い価格で買い取ったら、赤字販売になる」

「この場合、社長は誰の責任にするかな？　社長がめったにないケースとして、正直に赤字を計上すれば、一時的解決にはなる」

元気君は、いともあっさり解説した。

「解決策は地域の市場事情があるので、決まったものはありません。しかし、全国的に見ると、中古車を大事にしている販売会社は経営が安定しているように見えました。

例を一つ二つ紹介します。

群馬県を拠点としている、大型トラック専販店の関東たまが自動車が、中古車解体会社を設立し、中古部品を販売していた。トラック・エンジンは整備し、輸出業者に販売する力をもっていた。

新東京たまがモーターは、ウルフの中古車を使えそうな中古部品と交換しつつ、販売していた。ウルフのエンジン整備再生は、お手のもののようだったのを思い出す」

「聞いただけで、中古車を扱う人々は、いろいろですね。中古車1台を最終ユーザーが買うまでに、取り扱った人がすべて納得感がもてたらいいですね。その方法はありますか。エンピツさん」

元気君は質問の意味が理解されたか気になった様子……。

「中古車は1品1価と言われている商品です。中古車の揺れる価格を誰もが知りたくなります。その知りたい要請で、生まれ育ってきたのが、オープン市場のオートオークションです」

「中古車をオークションにかける、なるほど、いい方法だな。しかし中古車オークションを開くのは誰ですか」

　達人は東京の環状七号線沿いのオークション会場を目にしていたようだ。

「信用のある協会が開催しています。中古車業者が協会を作り、１０００台以上を1日で処理します。大手自動車メーカー系のオークションは落札価格を、赤や青の小冊子にまとめて記載して、時系列の販売店に配布しています」

「その赤い表紙の本、見たことある。買えるの？」

「達人、老人ホーム施設で、車を運転するつもり？」

「元気さんに、言われてしまった。エンピツさん、どうなの？」

「本屋によって、売っています。協会としては、その本の価格で、取り引きされれば、効果ありと言える」

「なるほど、赤い本は、オークションが行われたら、また新しくする。この繰り返しですね」

「元気さん、中古車業務は繰り返しの中で価格が動いている。その価格に近づこうと、たまが自動車中古車部もオートオークションを開催しようと調査した。中古車業者協会を訪ね、オートオークションを見学した。そして、都内の小型乗用車販売会社中古車部から人材と下取り車や中古車を集め、会場を借りて、たまがオートオークションを実施した。コンダクター（セリをリードする人）は、販売会社の若手が立ってくれた」

「買い取り業者は集まった？」

「集まりました。販売会社が、前もって業者に連絡して集めてくれた。業者は、駐車場の乗用車、小型トラックの出品車を品定めしてからオークションに出席し、落札する。

落札率が90％以上だと、良い出品車が多かったと評価される。

借りた会場費用は、きちんと支払った。

やがて、たまが自動車本社に隣接している大森工場跡地を駐車場に、当時の研修センターのサービスマン実習場を、セリ場にしようと、理知的係長ほかと討議を重ねた。

ノコギリ屋根の工場跡地は、産業用エンジンが置かれ、空き地は、本社および産業エンジン部、部品部などの車が雑然と駐車していた」

「あの赤錆びた、大森工場跡ですか、中古車業者は集まるかな？」

「達人、部内でも同じ意見があったが、中古車業者は、良い出品車なら、落札するとして、実施した。関東地区の小型および乗用車販売会社は、自社もの、他社もの、乗用車、小型トラックを用意した。

中古車業者は、駐車場の出品車に目星を付けてオークションに参加する。
初めてのたまがオートオークションの落札率は70％台だったように覚えている。
成約価格データーは全国販売会社に送る」

⒁ 面倒な客は千客万来の先駆け

部屋の窓から、運転達人と、本音元気君が富士山を見ている。

「元気さん、出向したことはあった？」

「したことはない。出向させられたことは……ある」

「あ、そうか……はっははは……」

「ははははっは……」

「二人とも、何かおかしなことあった？」

「いや、達人、何でもないな？」

「うん、何でもない」


「お二人とも、これから、出向の話をしようと思うが、聞いていただけますか」

「えっ？　勿論聞きます」

達人はぴくっとした。元気君は、すまし顔だ。達人はエンピツ君に質問した。

「出向の方面は、東？　西？　それとも北国？　雪の深い所の運転は気を付けないと……」

「達人、エンピツさんは何にも言ってないよ」

「愛媛たまが自動車に、役員として出向を命ぜられた。ほかに2人、一緒に出向となった」

「役員なら、結構な話だと思う。肩書はどうなの？」

達人はエンピツ君の顔を見た。

「専務。販売本部長に仲間常務、それからサービス本部長に細密取締役が行くこととなった」

「3人一緒なら、心強いでしょう？」

「達人、それだけは確かだ。あとは、現地へ行って、分かることだと思う」

「愛媛たまが自動車に三人が行くに当たって上司から指示があろうかと思って、販売本部白面常務室に入った。そして、愛媛たまがに出向するに当たり、何をすべきかを聞いた。

白面常務は……。

君たちは、何も知らなくてよい……だった」

「愛媛たまが自動車は、たまが自動車の全車種を扱う併売店、香川、徳島、高知も同じ併売店だ。四社は、四国ブロックを組み、月1回程度のブロック経営会議を開いていました。4社とも大型トラック、小型トラック、乗用車を扱っている。

愛媛県松山空港に着くと、権略社長が出迎えてくれた」

「思い出した。販売店協会の総務担当理事の社長だ。あの労使問題に強い人だ」

元気君の声は大きい。

「社長室で、役員の顔合せだ。社長の息子の権略常務、販売本部の長針取締役、サービス本部補佐の田間取締役が紹介された。

販売の大部屋に仲間常務、長針取締役とともに移った。

挨拶をそこそこに席に座ると、小型トラックをよく売る大木販売員が、近くに寄り、社長が何者かを、つぶさに教えてくれる。

愛媛たまが自動車の株主である。

強力な人事異動をすぐ発動する。

労働界の出身で、労使問題の権威。

息子を前の職場から引き離し、役員にした。

メーカーのラグビー常務を頼りきっている。

その他色々人間臭い秘密話を聞いた。

販売は、仲間常務と、長針取締役にまかせっきり。サービスは細密取締役が力を発揮できる」

「エンピツ専務は何をする役ですか。社長の特命事項があるでしょうけど……」

「特命でなくても、販売には仕事が山ほどあるから大丈夫です、元気さん……」

「……仕事が出てきた？」

今度は達人が心配し出した。

「しばらくして、専務は技術屋だと底が割れた。初対面で誰も知らないはずだから、権略社長からの仕込みでしょう。

営業所回りも役員の仕事だ。車は自家用車を持ち込んだ。車は、あの音が静かになったディーゼル・ジキニ。燃料は自前、燃料費が安く上がり助かった」

「社長も自前の車？」

達人が聞く。

「社長は運転手付きの社長専用車。一緒に出向した二人も、自分の車を持ち込んだ」

「役員は楽じゃないね？　やたらとなるものじゃないな。元気さん」

「会社の規定で色々異なるでしょう。エンピツさんの会社はそうだったということ……」

「さて、ディーゼル・ジキニに乗って、一人で、拠点を回った。

営業所は……。

松山本社、伊予三島、新居浜、西条、今治、大洲、宇和島とある」

「これは立派な拠点数だ。立派な販売会社ですね」

達人はいつもの単純さだ。元気君は違った意見のようだった。

「市場と販売の大きさとバランスが取れていればいいけれど、どうなんですか、エンピツさん」

「元気さんの心配は当たりです。拠点回りをすると、さらに深刻な内容が目に飛び込む……。

まあ、続けて聞いてください。

自動車の販売拠点には、サービス工場がつきものです。それがない拠点、あっても大型トラックが1台突っ込んだら、動きが取れない拠点、サービスマン一人っきりで拠点長を兼ねている拠点などがあった。

しっかりした拠点は本社、新居浜、大洲くらいだったと思います。もちろん当時の話で、今は愛媛ばかりか、四国全体が見直されているはずです」

「権略社長は社長として古株なんでしょう。何が会社をそうさせたか分かっていると思うが、社長と話をした？」

元気君は何を知りたいのか、エンピツ君を問い詰める。

「権略社長は、経営戦略を社員とは話さずたまが自動車と、株主同士の討議に持ち込んだと思う。彼はメーカーの指示した道を歩くしかないと考えたかもしれない。

一方、たまが自動車は、乗用車拠点を充実させたかった。権略社長は、メーカー・ラグビー常務ほかから、乗用車販売拠点の増強を頼まれた通りに展開したつもりだろう」

「それが、事務所だけの営業所が増えた理由ですか。四国のほか3社は、拠点数を増やしてました？」

「元気さん、3社は自分を知って、やたらに拠点数は増やさなかったようです」

「そうこうするうちに、ＦＲジキニの次期モデルチェンジ車の概要資料が送られてきた。見ると……。

ＦＲ（フロントエンジンリヤドライブ）からＦＦ（フロントエンジンフロントドライブ）

になっている。車型系列は、セダン（3ボックス）とハッチバック（2ボックス）の2種が用意されていた。

車の大きさ寸法を見る。幅寸法は広げていないので不満だが、もうどうしようもない。全長寸法を見ると、セダン、ハッチとも4mを超えている。特にハッチバックは数センチ程度長い。

すぐ、たまが自動車、商品企画部長に電話を入れた。そして、全長を4m未満にしてくれと頼んだ。バンパーをへこませろと言った」

「4m未満は何のために？　大きいほうがいいと思うけれど……」

「元気さん、フェリーです。フェリー料金がm単位になっている。島が多い瀬戸内海を行ったり来たりの生活をする地域の人々には、4mを超えるか、超えないかが、大問題だ」

「達人、分かりました。本四橋（本州四国連絡橋）が通ってもフェリーは必要ですね。エンピツさん、東京から返答が来た？」

「来た。セダンは駄目だったが、ハッチバックは、4mを切ることができた。セダンが不可能なのは、バンパーをへこませるだけではすまないからと言っていた」

「ハッチバックだけでもよかった。愛媛から広島工業地帯へ、フェリーで通勤している人が買ってくれるかも……」

元気君は理解が早い。


「乗用車で叱られた話をします。

四国ブロック、経営者会議に出席したとき、高知たまが自動車の社長から、烈火の如く怒られた。その社長は、金を持って来いと脅して、メーカーの新任販売担当員を震え上がらせたエピソードの持ち主だ。

あの新型のＦＦセダン・スルガは、全然走らない。女房に、すぐ新車をと買い与えたら坂道は上らないし、エアコンかけたら、どうしようもなかった、と言っていたぞ。あんたは技術屋なんだろう、どうしてくれるんだと、すごい剣幕だった」

「エンピツさんは無言だった？　言われっぱなしだった？」

「達人、この際、口の重いのが役に立っていると思うよ」

「二人には性格まで読まれていますね。

ちゃんと白馬の騎士が現れました。

徳島たまが自動車の専務取締役が、関係ないでしょうと言って、高知の暴れん坊を抑えてくれた。

徳島の専務はメーカーにも、物が言える人だった。後々、徳島たまが自動車の社長に抜擢されている」


「トラックの話に移ろうよ」

達人は寂しい話を変えたくなったようだ。

「エンピツさんの勝手にまかせましょう」

「達人、トラックの話でなくて……。教習所で使われる、教習車の話をします」

新居浜営業所の所長と同行して、地域の教習所へ行った。

「エンピツさんが技術屋だと分かって、同行を求められたんだ」

「元気さん、その通りです。営業所の所長からハンドブレーキレバーが折れるので、次の商談が進まないと聞かされた」

「教習所の教官が、運転教習中、力を入れて引っ張るから、折れることがあるんだ」

達人は、さすがに現場に強いところを見せた。

「現場に着き、折れたハンドブレーキレバーを見せられた。

その故障部品を前に、ただひたすらに、頭を下げ、謝罪した。そして、交換部品は用意しますから、よろしくお願いしますとは言った」

「それだけ？　部品を強化しますとは言わなかった」

「達人、それを、ユーザーの目の前で言うと、大変なことになると思う。ユーザーによっては、それなら、強化した部品をすぐ持って来い、と言うかもしれない……」

「元気さんの言う通りで、ユーザーにはできないことを言わないほうがいいと思う。

所長には部品準備をお願いして、本社に戻った」

「そうか、部品の強化を待つより、現部品の交換のほうが早いか……。分かった、元気さん」

「しばらくして、所長から、次の教習車を一括受注できたと、連絡が入った。

後、本社に十数台のスルガの教習車が並んだ」

「エンピツさんの信用が上がったな、きっとそうだ」

「達人、耳のいい権略社長にも伝わっていると思う……。エンピツさん、次へ行こう！」

「愛媛トラック協会から呼び出しがきた。指定された喫茶店で、協会業務部長に詰問された。

彼は、旭日通運㈱から出向で愛媛に来ていると言っていた。彼が言うには……。

急便業者の越川急便は、トラック協会に入会もしない。そこに2トントラック・ウルフを大量に売った。これはけしからん。たまが部品の運送を依頼したのも聞いている。

愛媛たまが自動車は、今後、越川急便にはトラックを売らないでほしい。

また今後、旭日通運も、たまが自動車のトラックの購入を考えざるを得ない、と責められた」

「エンピツさん、どう応じた？　興味あるな」

元気君は目を輝かせていた。

「ただひたすらに頭を下げ、旭日通運さんもお客様。同じように越川急便さんもお客様です、と答えた。問答は1時間近く続いたと思う」

「1時間近くも、頭を下げっぱなしか。運送業界はきびしいね。元気さん」

「エンピツさん、それだけですんだの？」

「日をおいて、また喫茶店に呼ばれた。合計3回ほど、同じ詰問。これに、双方ともお客様ですと答え続けた」

「相手も、エンピツさんに、あきれ返ったかもしれないね。元気さん」

「達人、いや違う。感心したと、ふれ回っているかもね」

「元気さん、すごいな。当たりです。旭日通運は大手ユーザーとしてメーカー直納部が、担当している。後日、彼が、旭日通運を訪問したとき、詰問本人が語ったと言っていた」

「愛媛の話が東京まで伝わるんだね。本人は東京に戻っていたんだ」

達人は感心しきりだ。

「伝わるといえば、権略社長は、私の行動を逐一、たまが自動車の販売本部ラグビー常務に伝えていたらしい。もちろん、販売店協会総務理事として上京したとき、ラグビー常務と面談している」

「なぜ、エンピツさんの行動が、監視されていたのか分かったの？」

さすがの元気君も、訳が分からなかったようだ。

「東京本社のラグビー常務から、専務何をしているんだと電話が、かかってくるので、分かった」

「それだけなら問題はないのでは？　通常は激励の言い方でしょう？」

「元気さん、電話が来るのが、平日だけとは限らない。休日でも追っかけの電話が来る」

「常務の電話は、どんな内容でした？」

元気君は性急に質問する。

「エンピツ君、今何をしている？」

「それだけ？」

と、達人。

「うん、それだけ。答えは、今、販売員と同行して来ましたとか、拠点訪問先とか、事実を言うだけ……。それ以上の何ものでもない」

「社長は常務に、何と言ったのかな？　元気さんなら推測できると思うな？」

「うーん、私ならこう推測します。

『私は、松山市役所に行って、要人と会っている。が、エンピツ専務は何をしているのかね。よく分からんのだよ』と言うかな」

「さすが元気さん。ラグビー常務が電話するように、仕向けるわけだ。なるほど」

「エンピツさんは黙っていただけではないと思うな。ほかに何かしたでしょう？」

「エンピツを使いました。

役員会は権略社長の一人舞台、彼の言ったことをできるだけメモ書きした。

労働組合との団交、全国一般のオルグ役（？）がわめきたてたのも、できるだけメモをして、コピーをし、拠点長全部と、メーカー販売に送った」

「ラグビー常務にも送った？　彼は読むかな？」

元気君は悪い影響を心配したらしい。

「勿論送り届けた。見ても効果あり、見ないで棄てるのも効果ありでしょう。

例の電話、何となく来なくなった」

「ラグビー常務は、相手をしても、無駄だと思ったでしょうね」

「達人、もうひとつ、ほかに大問題があって、忙しく、かまっていられなくなった？」

「どうでもいいでしょう、二人とも。

用心深い権略社長も口を滑らすことがある。一人舞台で、しゃべっているとき、君はいつでも左遷できるというようなことも言った」

「今まで何人も、やられたんだ。エンピツさんは何と反論した。あるいは反論しなかった？

達人、聞きたいね」

「反論なんかできません。こう言いました。

社長、どうぞ、いつでも追い返すなり、なんなりしてください。私より、秀れた人材は、たくさんいます。代わりはいくらでもいます。ですから、いつでも、おやりになってけっこうです」

「権略社長は静かになりました？」

元気君の確認の質問だ。

「やや静かになった。しかし、地元の長針取締役は社長は恐ろしい人だ、何をされるか分からんと言っていた。社長を見ると急に口を閉ざしてしまう……」

「社長って、そんなに偉いの？」

「達人、人によるよ。ただしそれなりの会社の株を持っているのが強みなんだ」

「賃上げと、ボーナスの時期に団交が行われた。組合は、全国一般組織に加入。団交の際に、地区組織のメンバー一人が組合側に立って発言する。

会社側が、赤字だと言う。

組合は組織のメンバーに、発言をまかせる。彼は、たまが自動車には、いくらでも金があるだろう。メーカーから金を持って来なさい。メーカーから来ている者の役目だと……。

権略社長はどっちつかずの発言を、ちらりとするだけ。役員会での、事前打ち合わせは、徹底抗戦だから、何かおかしい。

夏のボーナス時、団交がこじれて、ストライキ。ピケを張られた。

いつものように、権略社長が労働側の要求を受け入れればいいわけだから、彼が、ストライキまで許した訳が、まったく分からない」

「エンピツさんは、労働ストライキを、本当に経験したんだ、珍しいな」

達人は感心しきりだ。エンピツ君は続けた。

「ストライキは、数日で終わったが、何のことはない、団交で、権略社長が、あっさり、格好よく、労働側の要求をのんだだけのことだ。妥結のあと、全国一般の役員は、エンピツさんは団交メモを、色々な所に、配布してますね、と言い放った」

「ストライキで、ピケを張られたときは、どうでした。怖く感じました？」

達人は現実的な質問をする。

「いや、専務とは見かけだけ。一緒に仕事をしていた仲間にすぎない。ハチマキはしていても静かな雰囲気だった。販売のほとんどは、営業活動をしていた。サービス工場は、休業状態だったかと、記憶している」

「エンピツさんに、突っかかる組合員はいなかった？　気勢も上がっていないストライキでしたか。労使問題に詳しい経験豊富な権略社長は、エンピツさんが恐れるのを、見たかったのかな?」

元気君は深読みをする。

「大部屋でメモを書いていると、ウルフを越川急便に売った大木販売員が、耳もとに口を寄せるように寄って来た。

権略社長が、全国一般の事務所に、社長乗用車で乗りつけ、一人で入って行ったのを見たと話してくれた」

「社長の一人舞台は、外でも行われていたんだ。勿論、役員は全然知らされていないとすると、団交は何だったたということだ」

元気君はむなしさを感じたようだ。

「それ以来、出向者二人から、エンピツさん、団交では経営者側として、もっと強く発言すべきだと言われたが、どうも口が重くなったようだ」

「本社から、お叱りなり、助言なりあった?」

元気君はメーカー本社が気になったらしい。

「全然ない。こちらから知らせる気もない。当然、権略社長からラグビー常務に、電話が通じているはずだと思えば、何もしないほうがいい。

団交妥結後、ピケは静かに消えてストライキは終わった」
「たまが自動車として、ストライキの第一責任者は誰だろう?」
「達人、勿論、エンピツさんに決まっているでしょう」

「大型トラックを売り、バスの商談があればバスも売る。崎口販売次長と愛媛の数少ない、有力運送会社を、二人で回っていた。

その崎口次長が、なかなか思うように受注が取れない。今日1日同行してほしいと言ってきた。

同行すると、ユーザーをよく把握しているし、非常に信用されている。今回はなかったが、ミカンをトランク一杯積んで帰社するほどだ。

ユーザーの中には、元学友もいる。話し合いは、親しみがあふれるように伝わってくる。当然のように笑いも生まれる。

4~5社を訪問し帰社した。彼は、すぐさま、どうですかと聞きにきたので、3点指摘した」
「何を言ったのかな?」

「達人、技術屋が、ベテラン販売員に何を言えるのかな？」

「崎口さん、お疲れさま、さすが大型からバスまで売る力があるし、ユーザーもよく知っている。信用もされているのがよく分かりましたと言ったあと……。

『3点だけ指摘させてください。

挨拶のとき、頭がお客様より高い。

ソファーに座ったとき、背当てに、崎口さんの背中が付いていた。離したほうがよいと思う。

もう一つ、技術的質問に関する応対もよく話がはずんで素晴らしい。しかし、トラックを買ってくださいと言うのがなかったと思う。ぜひ買ってくれ、を入れたらさらによいと思う』

こう言ったら、彼はびっくりした様子を見せたが、素直にのみ込んでくれた」

「なるほど、ベテランも、気付いたんだ」

達人は肩すかしをくらったように感じたらしい。

「エンピツさん、その後の彼の実績は上がったの？」

「すぐ実績が見えるほど、愛媛の大型トラックの市場は大きくない。月何台の大型トラックを、大型車メーカー4社が争っている。

愛媛たまがの実力は、低いほうだから、なかなか実績は出てこない」

「エンピツさん、これだけだと、一般的な話でしかない。続きの話はない？」

元気君は調子が上向きだ。

「元気さん、あります。しかし、本社に帰されて、忘れた頃、愛媛から電話があった。声色はすっかり忘れ、失礼したが、大型トラック販売の崎口次長からだった。彼は、同行した地元の大手運送会社から、大型トラックの受注が取れたと、わざわざ知らせてくれた、という話です」

「エンピツさん、よかった」

達人は本当に気がかりだったようだ。

「悪い話はいいから、結果だけでも明かるい話を、頼みます」

元気君はまだネタがあると踏んでいる様子である。

「それでは、ガソリンスタンド付き教習所の訪問ドキュメントを話します。

大洲、宇和島営業所は一本道だったように覚えています。大洲営業所の少し先に、誰もいないようなガソリンスタンドがあり、その裏が自動車教習所になっていた。

宇和島営業所は、船舶エンジンの売れる営業所で、遠いけれども、なるべく行くようにした。

そして、車の燃料タンクを、なるべく空にして、ガソリンスタンドに立ち寄った。

すると中から留守役のような、目付きの鋭い初老の人が出てきて、給油してくれた。

二回、三回と同じことを繰り返していたら、なんと、その老人は、ガソリンスタンドのオーナー、さらに裏の自動車教習所のオーナーでもあることが分かった。

老人がポツリポツリと話をする。するとガソリンの元売りが、鹿田石油、裏の教習車も鹿田自動車の量産乗用車とのこと。

ところが、鹿田側の応対が、気にくわないと、話すまでになった」

「エンピツさん、そう分かったら、給油はやめるのみですね。鹿田グループは強大だから、給油だけじゃどうしようもないでしょう」

「元気さん。給油訪問は、続けました。本社に帰ることが決まったとき、販売本部長の仲間常務に、事情を話して、後を引き継いでもらった」

「仲間常務は忙しい身でしょう。老人訪問ができたかな?」

達人は心配そうだった。

「それは分からない。販売は結果しか評価されない。そうですね、エンピツさん」

「それでは、結果だけ話しましょう。帰京してその記憶が残っているうちに、仲間常務から、電話が入って、エンピツさん、あの老人の教習所に、たまが自動車の乗用車を納入することになりました、と言ってきた」

「そうですか、よかった。商売とは分からないものですね。誠意と熱意がオーナーの心を動かした、いい例ですね、元気さん」

「自動車の販売は、時間が、かかるものなんだ」

「販売本部長仲間常務が、販売大部屋で朝礼を行っている最中、突然、専務、専務と大声を上げて、男性一人が乗りこんできた。

急いで、何でしょうかと応対すると……。

専務が、技術に詳しいと聞いてきた。たまが自動車の4トントラックに乗っているが、仲間の4トン同級車に置き去りにされる。『これでよいのか専務。時速140㎞走れる4トン車を造れ』とまくしたてられた。そして、さあっと立ち去った、という話です」

「文句を言う客はいい客だ。ですね」

達人は楽しそうだ。

「そうだ、文句を言わない客は、黙って自社ものから、他社ものに移る」

元気君も勝手なこと言う。

「何となく愛媛生活が1年過ぎようとしたとき、突然、本社への帰任命令がきた。長期出向は覚悟していたので、ストライキ勃発の責任を取らされたとしか思い当たらなかった。

仲間常務と細密取締役は残った。

別れの松山空港には、大勢見送りに来てくれた。権略社長は搭乗口まで、なぜか大勢の人をはね除け、脇にくっついたまま、離れなかった……」

⒂ トラクタ販売から研修センターへ

「エンピツさんを、1年で愛媛から東京本社に戻したのは、誰ですかね……」

運転達人が、気になって、本音元気君に聞く。

「病気でないなら、誰かの意思か助言があったかもしれない。結果は、エンピツさんが、戻った事実だけで、人事は秘密でしょう」

「楽しそうですね、お2人とも……。

私の話はどこまででしたか」

「松山から、追放されたところまでです」

達人の受け答えは速かった。

「本社に戻って、数カ月間、販売本部特販部の所属となり、いきなり、4トン次期モデルチェンジの会議が、本社会議室である。そこに特販部代表として出席した。

本社で行われるならば、発売準備の会議だ。本社側のスタッフの中で、開発がモデルチェンジの内容を披露するのが目的だね」

「開発から、何人出席した？」

元気君、なにげない顔で質問する。

「設計部長と研究実験部長の二人のみだった。

主に設計部長が自信をもって商品説明をした。聞き手の、販売側は広報、宣伝、販売促進、サービス、部品などのスタッフで、これから準備に入れると熱心に聞き入っていた。

質問もあったが、開発の回答は明快だ」

「エンピツさんは、質問した？」

達人は、エンピツ君が当然質問するだろうと決めてかかっていた。

「質問はしない。

会議が終了に近づいた頃、お願いがあると発言を求めた。

北海道のある場所に立派な自動車テストコースがある。ぜひ4トン新型車で、時速140kmで、走行テストしてくれ、と頼んだ」

「エンピツさん、言ってしまったんだ。テストコースさえあれば、簡単な話だ。開発はすでに実験済みだと言うかも……」

「机を挟んで、真正面に座った、研究実験部長は、4トン設計部長に顔を寄せ、耳打ちをする。設計部長は、よく知っている。研究実験部長は新顔、彼は小声で設計部長に説明している。

やがて、設計部長は、時速１４０㎞で走ると、タイヤがバーストしてしまう、テストはできないと言った。そこですぐ、積車じゃなくて、空車でテストしてくださいと重ねて頼んだ。

設計部長、研究部長が同時に言ったようにみえた。

空車でも無理、テストコースのバンク（傾斜部分）で、遠心力により、タイヤがバーストする……。

そこで、すかさず、海外へ行って、テストしたら……と頼んだ。

会議は、そこまでで終わった」

「公道は時速１４０㎞で走れないでしょう」

「元気さん、時速１４０㎞で走る能力があれば時速90～１００㎞で故障なく、楽に走れると思う」

達人が元気君の疑問に応じている間、元気君は別のことを考えていたようであった。

「バンクのきつい北海道のテストコースは、乗用車でも、超高速テストは無理なんだ。

鈴鹿サーキットとか、富士テストコースなどを考えなかったのかな。

しつこいようだけれど、高速で走れないテストコースを企画した重役の責任が問われるな」

「ディーゼル社長は、予算が少なかったと言い訳をした役員に対し、社長の後継者指名を諦めた、と噂が広がったが、本当のことは分からない」

と、エンピツ君の声は小さく聞きとりにくかった。


「本社に戻って数カ月後、全社職制改革があったなかで、トラクタ販売のリーダーになった。部下は、特装時代、二人目の新人だった筋森君、彼は特装部在籍のときから、トラクタになじんでいる。いやそれ以上、3軸、20kℓタンクローリー・セミトレーラ連結車を、実現させた実力者だ」

「トラクタとかセミトレーラを分かりやすく説明して……。達人、エンピツさん、どちらでもいいから……」

「難しいな、こうしよう。2台の車両があって、1台は運転台ありの自動車、もう1台は荷台だけの自動車、走るときは、トラクタがトレーラを連結した状態となります。これでいい？　エンピツさん」

「達人、よく理解できます。さすがに運転経験が、物を言いますね」

「まだよく分からない。その筋森さん、何年トラクタのビジネスをしているのですか」

「筋森君か、思い出すな。そう10年は軽く超えている。トレーラ免許も取得していた」

「それで分かりました。少しずつ教えてください……。エンピツさん、前に進めてください」

「女子社員も一人付けてくれた。もう一人の男は、大部屋に入るなり、4トン車しか知りませんからね、と通りのよい声で近づいて来た。千葉で4トン車を売り抜いてきた、川声君だ。トラクタ、トレーラのアルバムを作ることにし、川声君と、東名高速海老名SAに行き、彼に走っているトラクタ・トレーラの写真を撮らせた。あれがバン型セミトレーラ、こちらが海上コンテナ・セミトレーラ、石油セミトレーラと指差すと、彼がシャッターを切った。彼はトレーラは、結構多いですねと言った。彼はアルバムを作ってから、4トン車しか知りません、とは言わなくなった」

「さあ、商品がある。これからだ……達人」

「その商品、たまが自動車のセミトラクタの性能を調べた。単純な見方だが、カタログを見ると、最高速度が時速100km止まりだ。驚いた。筋森君、高ＰＳ化、高速化を設計に提案していないのか、と思わず言ったら、川声君に、筋森君は、関係ないでしょうと、たしなめられた」

「エンピツさん、達人、トラクタも、高速化に遅れていたんだ……」

「大型セミトラクタを運転したとき、加速も鈍いし、高速を維持するのが大変だった。上り坂では、急に速度が落ちる。高速道路では邪魔物扱いでしょうね。

最近のトラクタは、当時と比べると、非常によくなっているから……心配しないで元気さん」

「達人の経験された通りです。

さっそく、大型車設計部長に会った。なぜ時速100㎞に押さえるのだと、聞いた。ところが驚いたことに、彼は法を守るためだと言った。

そこで、ちょっと待て、君の体重は何kgなんだと聞いた」

「なぜ、体重を聞くのですか、エンピツさん」

「車両法では、大人一人を55kgとしています。質問は彼の体重が、55kgを、大幅に超えているのを期待してのことだ。

彼の答えは、55kgだった。

本当かよ、と聞いたら、本当だと言う。

トラクタグループ三人と彼の大笑いで終わった」

「技術屋は、法令順守に忠実なんだ?」

「当たり前でしょう、達人。

しかし、誰でもあることだが、考えすぎる人もいないことはない」

「それなんです、元気さん。当時の運輸省のエリートが、大型トラックの運転手の目線が高いのが、乗用車に恐怖を与えていると考えられると言ったか、言わないかは別にして、トラックメーカーは対応を考えさせられた。

大型トラックのキャブを、前方下に移したプレゼンテーションを、役員会で行ったのは、酒好きで芯の強い部長だったと伝え聞いている。ディーゼル社長は、プレゼンテーションを聞いて渋い顔をしていたらしい」

「役所は時々、思わぬことを言いますね」

「達人、役所ばかりではないでしょう。民間だって、タイヤなくせとか、あったでしょう」

元気君も言い返す。

「お二人とも、役所と民間で喧嘩しないでください。急に、心配になることは、誰にもあることです。

特装部のとき、設計から来て、苦労していた金杉君が、小型商品企画主査になって、訪ねて来た。彼は心配事があった。

2トンキャブオーバー・トラックの衝突安全性が問題だ。フルキャブオーバーからセミキャブオーバーにしたら、安全性が増すと思う、と聞いてきた」

「フルとセミとは、どう違いますか、達人」

「見た目で考えてください。見た目で言うと、セミキャブは目の下が出っ張っている。フルキャブは、目の下がストレートになっている、元気さん分かった?」

「分からない。エンピツさんが説明してください」

「達人さんの言う通り、見た目で判分されているようです。

金杉主査には、セミキャブオーバー化は、小型サイズ4・7mを延ばせないなら、荷台3・1mを維持できなくなるから、止めたほうがいいと言った。それでも、彼は不安の様子。そこで、荷台3・1mが物流に浸透しているから、少しでも縮めたら、ウルフは売れなくなると注意。

小型全長を5mに、法改正できればいいが、そんな話、全然聞いていない。軽自動車は衝突安全性確保のためとして、全長が3mから3・4mになった。小型サイズはそのままだとすると、キャブのアンダーフレームの強化やキャブ自体の強度見直しなどで考えたら……と言った。その後、セミキャブの試作車を作ったかどうかは分からない」

「高速道路で、重大事故が起きると、役所もメーカーも気になるのは人情ですか。

金杉主査も乗務員の安全を気にしたんだね、きっと……」

元気君が結論づけてくれた。


「トラクタも販売目標を設定された。大型トラックメーカー4社と、シェア争いをしているなかで、たまが自動車のシェアの現状は17〜18%くらい。それを20%以上に上げようとなった。

トラクタ販売が多い、主な販売会社を割り振って担当を決めた。

口の重い技術屋は、主に製鉄所のある地域を担当する。

車は6×4トラクタが重量物運搬に使用される。

千葉たまが自動車の販売員と、有力なトラクタ・ユーザーを訪問する。

長机・長椅子に運転手が数人、社長も待機していた。

まず、たまが自動車製トラクタを使って頂いているお礼を言ったあと、何でも言ってください とお願いした。

「セミトラクタとセミトレーラが連結した状態の連結時車両総重量は何トンくらいになる？ 達人は経験ありと思うけれど……」

「そうですね。30トン～50トンくらいですか、鉄製品は非常に重たい。50トンは基準緩和でしょう。警察の通行許可を取得する必要があります。また連結全長が12ｍを超えると、やはり通行許可が必要となります。運転手はトレーラ免許も必要です。元気さん分かりますか」

「ますます、難しくなってきた。結局、重量級6×4セミトラクタを使う、ユーザーは相当の力と経験が物を言いそうですね」

「達人の説明は立派です。

話を聞く前にメモを用意した。

最初に社長がエンジンの力が弱いと、口火を切ると、長椅子の皆さんも、思いをぶつけてきた。そして落ちる話から始まった。

6×4車のプロペラシャフトが落ちる。

トランスミッションが落ちる。

ブレーキが効かない。ブレーキが鳴く。

そのほか、バックミラーの張り出しが短い。

細かいことも含めて、1時間くらい話を聞いて、面前でメモも書いた」

「言われっぱなしで、反論はしないの？」

元気君は、反論しない理由が知りたくなったらしい。

「しない。解決なしなら、反論できない。お客様の言葉を、じっと聞くだけ」

「良いところは出ないの？」

元気君は食い下がる。

「良いところ？　他社トラクタの良いところが逆に出てくる。他社は力がある。第5輪荷重が大きいとかが出てくる」

「エンピツさん、第5輪荷重とは何ですか」

「元気さん、ごめんなさい。

第5輪荷重とは、カプラー重量とも言いますが、セミトラクタの最大積載量を言います。セミトレーラの前部、キングピンの所に、載せることのできる重量を示します」

「やはり、トラクタは面倒だ。次へどうぞ、エンピツさん」

「トラクタ・トレーラは、各装置の名称を知るだけでも、やさしく感じると思います。このようにして、千葉のほか、愛知、神戸など訪問し、話を聞いた。どこも同じ、低速重量級セミトラクタに問題が集約された」

「運送会社は、故障するセミトラクタを使うの？　これは、達人に聞きます」

「使うに決まっています、元気さん。安心することはないが、セミトラクタは稼ぎの道具だから、直し直ししてでも使う。販売会社と故障の連絡しながら使う」

「達人、他社のセミトラクタはどうなのか。故障は全くないのかしら……」

「機械ものだから、故障はある。ユーザーの厳しい使い方は、たまが製低速重量級セミトラクタに限ったことではないはずです」


「エンピツさん、ユーザー訪問だけが、仕事ではないですね。ほかに、何をやりましたか」

「相談して、できることからやろうと……まず、トラクタの商品教育を始めた。

場所は研修センターを借りる。宿泊設備もある。

販売会社から、希望者を募集し、２泊３日の研修コース。２日目午後後半は、大型トラクタ設計者を呼び、研修生の声を直に聞いてもらう。夜は設計者と一緒に、焼肉屋に行き、懇親会とするというかたち」

「最初は何名くらい、来ました?」

と、達人。

「直接、お願いした効果もあり、十数名だった。

研修は1日目の午後からだ。

研修生には、日頃の販売活動で、疲れているから、居眠りしてもいい……と言ってから始めた。

筋森君には最初、同席見学させ、やる気が出たところで、一部研修をしてもらった」

「筋森君は、力を付けるね。人も車も1日にしてならずか」

元気君の独り言だ。

「2日目の午後のトラクタ設計者が来たとき、研修者全員に、トラクタに対する、不具合や要望を発言させて、それをすべて黒板に書いていく。エンジンの力の不足からプロペラシャフトが落ちるなど、ほぼ千葉のユーザーと同じ内容だった。途中、設計者が言い訳をしようとするのを、まず耳を使えと言って押さえて、聞き取りを続けた」

「設計は、よく担当者を出したな？」

「達人、設計には、心配無用、聞くだけでいいから、出席してほしいと言っただけ……。

黒板が一杯になる頃、発言が最初と同じになる。そこで研修は終わり」

「そこから、焼肉屋ですか、しゃぶしゃぶですか」

「そうです。しかし、黒板の文字が残っています。全部手書きメモに変えて食事です。その時、川声君も参加しました」

「手書きメモの送り先は？　どの範囲ですか」

と、元気君。

「まず出席した本人、上司の部長、重役、研究部、販売部、商品企画、サービス部、そのほか内容によって、必要な部署に送った。

送り先は、お互いが分かるように、全部列挙する。最後に『エンピツ』と書いて、すぐに送る」

「このメモで、出席した設計者が評価されるといいね」

元気君の勝手読みのようだ。

「研修結果を、もう一つ活用した。

宣伝部から販売会社に配られている、お知らせチラシ『タックル』に研修修了生のフルネームを記入して送ることにした。

Ａ４の大きさに、粗っぽい全国都道府県の地図を描き、研修生の氏名を、出席県に記入し、『タックル』として、全国に送った。研修するたびに研修生名を増やして発行し続けた」

「目的は何ですか」

元気君の質問はいつも鋭い。

「彼らが、何かのとき、研修で一緒だった仲間と情報交換ができればと思ったまで……。さらに欲を言えば販売会社内で、トラクタについて、頼りになればと思ってのこと……」

「次はトラクタ試乗会の話をします。

藤沢工場内のテストコースが空いている日に、全国販売会社販売員を集めて、トラクタに試乗してもらう。それによって、たまが自動車のトラクタを身近に感じていただくという企画。

研究部長に、テストコースが空いている日はないと言われたが、無理に押し込んだら、折れてくれた。そして坂山実験部長は、自《みず》ら《か》進んで案内役となってくれた。

設計部長、研究部長、トラクタ設計主査などが、説明役として参加してくれた。

さらに販売員同伴で、トラクタ・ユーザー向けに、新型トラクタの試乗会も実施した。

川声君は、イベントの経験ありで、巧みに企画し、イベント業者を動員して行った。

試乗のあと、感じの良い宿で懇親会を開いた。

ゲストはトラクタ・ユーザー、エスコート役は販売員。

接待役は、大型車販売本部長の粘力直進専務。新型トラクタの説明役は、大型設計部トラクタ・グループ全員。

進行係および司会は、販売業務部トラクタ・グループ。

総員100名前後の懇親会となった。本部長、部長ほか、ユーザーと談笑している様子が、今でも目に浮かびます」

「ほかに何か、施策はありました?」

元気君はまだ何か欲しいらしい。

「うーん、ない。トラクタ研修生の名前は地図上に増えたが……。しいて言えば、販売が力を入れて、販売対策費を、トラクタにも少し注ぎ込んだことがある。金額は分からないが、販売会社には、大きな助けになったと思う」

「そうやって、期末の結果は目標達成となった？」

達人の聞きたいことは、元気君にも同じようだ。

「期末になって、トラクタ・グループの花、女子社員が半年をまとめた、新車登録情報を手に声を上げながら小走りに近寄ってきた。

よく見ると、たまが自動車のトラクタ新車登録シェアは、目標20％をかすかに超す、20・2％だった」

「よかったですね、その後も順調でした？」

達人は次が心配の様子だ。

「商品が他社上位のままで、順調とはいかなかった。

その後は、トラクタだけでなく、大型トラックも、思い通りにならない。

販売を急襲した大型車販売本部長粘力直進専務、日進取締役、熱弁部長の3人の勢いも薄れてきた。

粘力直進専務は、ＧＩＶＥ作戦を継続していた」

「ＧＩＶＥ作戦とは、具体的に言うと、どういうこと……。元気さん」

「ＧＩＶＥの意味は〝与える〟だから、何か与えて、それからいただくということでしょう。たまが自動車は大きいから、与えるものが、たくさんあったんだ……」

元気君の言い回しに、エンピツ君は反応を示さず、自分の異動を明らかにした。

「研修センターに移ることになった……」

「残された二人はどうなる？」

「達人、大丈夫、二人がトラクタ業務を続けます。筋森君、川声君の二人は十分やっていけます」

「エンピツさん、研修センターで、何をするんですか」

達人の、まともな質問だ。

「研修センター、小型車営業研修グループです」

⒃　営業マン研修の目玉は設計マンとの対話

「トラクタから、小型トラックへ。重さが50トンから10分の1以下に下がる。小型トラックの運転は楽だが、エンピツさんは、どうなのかな？　元気さんは、どう考える？」

運転達人は、老人ホーム施設内の散策を終えて、ベンチに座っていた本音元気君に問いかけた。

「大丈夫だろう。年食ってきたから何があっても平気でしょう」

「そうですね、年ですね」

達人の受け答えで、二人は低く笑った。

「お2人さん、何か楽しいことでも……。まあ、いいでしょう。

まず研修センターには、車を置くスペースがある。大型トラック、小型トラック、乗用車のサービスは販売会社が行う。新車のときは特に研修が要求される。新型エンジン、新型トランスミッションなどの分解組立修理は現物で実習する。メカニック研修は、車、部品を置く必要から大きく場所を取る。

一方、営業マン研修は、場所をあまり必要としない。研修生と講師が存在すれば成立する。部品マンを部品営業マンと置き換えてみると、営業マン研修とほぼ同じだ」

「営業マン研修のカリキュラムの中身を教えてください」

元気君が落ち着きのある質問をする。

「まず研修名を小型トラック商品研修とした。期間は2泊3日、1日目の午後スタート、3日目の午前中で終了である。

カリキュラムは、2日目の午前中まで、道路運送車両の保安基準をベースに、車の重さや大きさなどについて研修。午後後半は、小型トラック設計マンを呼んでの、対話をし、懇親会をして、2日目は終了する。3日目は、各自アンケートを提出し、終了」

「エンピツさん、トラクタ研修のカリキュラムと同じですね」

元気君は、安心したようだ。

「中身は違うが、カリキュラムでは同じでしょう。

意識としては、研修生を教えようとする気持ちはない。彼らは、第一線で活躍している販売員の中から選ばれた人だ。設計マンとの対話は手書きメモで流したが、これこそ研修生から、何げなく教わったアイテムだ。

力を入れたのは、ブレーキ性能の説明。なぜ車間距離を大きく取らないと、高速走行は危険かについて時間を使った」

「ブレーキ研修に力を入れたのは、どうしてですか。研修生は運転がお手のものでしょう?」

「達人、私は分かった。改めて、彼らが事故に巻きこまれないように研修したんだ。そうでしょう? エンピツさん」

「元気さんには読まれていますね。その通りです」

「出張研修はありました?」

「達人、出張もしました。高知や宮崎、秋田など、要請あり次第、長高部長と一緒に研修した。その時、現地社長に研修の最後を締めていただいた」

「研修のないときは、何をします?」

と達人。相変わらず、ずばりと質問。

「販売員向けに営業マンのための商品マニュアルを、大体半年に1冊くらい書いた。中身はできるだけ分かりやすいものにした」

「どんな車型? トラクタマニュアルは作りました?」

達人にはマニュアルを見たい気持ちが起こったようだ。

「カーゴマニュアル、これは法改正に沿って、書き直した。大型車、中型車、小型車とも使えるものになっている。

総量25トントラック、20トントラック、積載量4トントラック、トラクタトレーラ、トラックメカニズム、ダンプ、バン型車、二次架装、バスなどを発行した。

サービスメカニックや部品マンの研修にも使ってもらえた。トラックのメカニズムは海外グループが一部分を英訳して使ってくれた」

「マニュアルは有料ですか」

元気君はさすがに重点を外さない。

「研修生には研修料に含まれているとして無料で配布。販売会社の注文は有料となっているが、価格は安くしてある。

表紙の上隅に発行年月日を小さく記載、改訂ごとに年月日を重ねていくようにした。

ありがたい話として、法改正の際、一部を直し、改訂版としているようだ」

「後輩が引き継いでいるんですね。後輩が力をつけていたんだ」

元気君の感想は単純だった。

「後輩と言えば、ひとつ心配なことがあった」

「後輩の心配？　トラクタ販売で一緒だった人？」

　と、真顔の達人。

「筋森君と川声君？　彼らではない。川声君などは、曲者を振り回すほどの力を持っている。全然心配しない。

　本社商品企画部にトラクタ担当として、配属された若手だ。彼は乗用車販売で、際立つ実績を評価されてきたらしい。

　部長は、愛媛から電話でジキニの全長を4m未満にするよう依頼したときの人物だった。

　余計な話だが、本社に寄ったとき、本人に直接、トラクタトレーラで分からないことがあれば、すぐに筋森君を頼れ、あるいは研修センターに電話しろ、応答するからと2回ほど言った。

　噂によると、彼は本社近くのたまが病院に便秘気味で、通っていたらしい。部長も付き添って行ったとも、伝わってきた。

　心配になって、翌日の朝にでも彼に電話を入れようかと思っていたら……噂によると、彼が世を去ったらしいということを聞き、その必要がなくなってしまった」

「達人、何か言いたいようだけど、静かにしたほうがいい……。次は明るい話を……エンピツさん」

「2トン積み小型トラック・ウルフの市場は、平ボディー系とダンプ系に、二分して見ることがあります。ダンプ車は登録情報で見ると、トップになれない。おかしいなと以前から、思っていた。ほかは他社を押しのけて、No1を維持している」

「ウルフが、〝ダンプはたまが〟ではないとは、どこのメーカーが強かったの?」

達人には思い当たらない事態だったようだ。

「広島が本拠地のタツマ㈱の2トンダンプにトップを取られていた」

「タツマは乗用車だけかと思っていたけれど、2〜3トンクラスのトラックも、強いメーカーなんだ」

と、元気君。

「小型研修で、設計マンの参加がなかったなかで、研修生からの聞き取りをしたときだ。

ウルフのダンプが、下り坂でブレーキが効かなくなることがあると、研修生一人から出た。

状況を聞くと、山間地で、坂道を下りながら、崖下に土砂を落とす2トンダンプの話であった。この坂道を下るとき、急に主ブレーキが効かなくなり、あわてて運転手は飛び降りた。

ダンプ車は、無人のまま谷底に落下したと言う。山形から来た販売員は一生懸命に説明してくれた」

「達人は、そういう経験ない？」

「元気さん、ない。都市では、平坦な道路を走るから……。乗っているダンプも、大型のエア・オイル式でペダルは軽く、効きが良かった。坂道を下ることはあったが、無意識にブレーキペダルを踏んでいたと思う」

「達人のエア・オイルは、エア圧でブレーキ力を上げている。小型車はバキューム（真空）ポンプでブレーキ力を上げる方法。そこらに問題が残っていそうだ。気付いた問題点は腹の中に収めた。そこで気を取り直し、改めて、ほかの研修生に覚えがあるなら、手を上げてくださいと頼んだ。すると、三人ほどの手が挙がった。地方の研修生が多かったように思う。

手を挙げた研修生の販売会社名を、全部載せた手書きメモを手早く書き、コピーし、古封筒につめ、宛名を書き、急いで社内に配布した。

小型トラック設計部長、彼は先の本社商品企画部長だった。ほかに小型研究実験部長、開発担当重役、検査部長、本社サービス部長らに届けた」

「エンピツさんのサインは入れた？」

「達人さん、そのサインがなければ、出所不明と疑われるでしょう。署名も大事だ。設計部長や研究実験部長の上司が、メモを見て、命令で後押しすれば、早く改良されるね」

「その効果がありました。半年くらい過ぎて、ウルフのミニモデルチェンジがあった。新しい仕様書を見たら、ACジェネレーターの後部に付いているバキューム（真空）ポンプ容量が2倍くらいに上がっていた。バキュームタンク容量も上がり、ハイドロマスター（ブレーキ倍増装置）も強力になっていた」

「倍々対策なら効果は早かったでしょう、エンピツさん」

「達人……。あせらないでください。トラックは、使われてから、ようやく評価される。でも安心してください。それから何カ月かが過ぎて登録情報を見たら、わずかの差でNo1になっていた。

後年、ブレーキ強化した設計部長に会ったら、本社から藤沢に移ってから情報が手に入りにくくなったとぼやいていた」

「達人、ちょっと教えて。バックで坂を下ったらブレーキが効かなくなる状態が、よく分からない」

「元気さん、今分かったばかりです。

バックでフットブレーキを踏み続けると、エンジンはアイドリング状態になって、回転が下がる。するとバキューム不足で、急にブレーキ力が落ちるから、運転手は、あわてて飛び出してしまう」

「あ、そうか、ブレーキ不能ではなく、効きの差が、下り坂で大きく感じたんだ。達人、ありがとう」

「ここで、特装部のときに、神戸ニュータウンのゴミ処理の計画が入ってきた話をします。バキュームがからんでいます」

「エンピツさん、時代は前後しても、話は生きています。どうぞ……」

「元気さん、それでは甘えまして……。

特装部が発足して数年たった頃だと思います。販売を経由して、突然、神戸ニュータウンのゴミ処理の企画話が入ってきた。コンテストを行い、その中で一番優秀な方法を採用すると言う。

三次カップ課長も応募しようと言って、集合住宅マンションのゴミ処理の実情を調査した。

ＪＲ大森駅近くの、都市開発機構の集合住宅マンションを調べた。マンション西側が二階から上階、七階くらいまで、各階で生ゴミを落として通せるよう、中空構造になっている。一階に、塵芥ダンプが入ったときに、ダンプ上のステンレス製の蓋を開けて、生ゴミを積み込む。

非常にすばらしい構造だが、生ゴミが途中で引っかかり、変質して、異常に臭う。各階のゴミ投入口はもちろん、ダンプが出たあとの清掃後も、きつい臭いは消えない……」

「専門家が、考えたんでしょうに。どうしたのかね」

達人は冷たく言う。

「聞く耳をもたない専門家だったりして」

と、元気君も、見えない他人をからかう。

「次に、ＪＲ川崎駅に近い、多摩川沿いにある、河原町団地を、これも課員全員で、調査した。調査結果は一目瞭然、こちらを提案することに決定した」

「河原町のゴミ収集方法はどうだったの？」

元気君は詳しく知りたい様子。

「今でも、どこでも行われている方法です。生ゴミ用コンテナを置いて、生ゴミを入れ、それを和明製のアームロール車でフック掛けし、荷台に引き揚げて、運搬する」

「その方法では、生ゴミが発酵するひまがない……。なるほど」

元気君は理解したらしい。

「和明工業㈱の副所長にも、コンテストの話をして、アームロールで提案するとお願いし、了承していただいた。

そして、コンテストに参加した」

「エンピツさんは、採用されると思っていたのかな？　専門家は、もっといい案はないかと、常に言うからね」

「元気さん、あんたも役人の端くれだったんでしょう？　そんなものですか、役人は……」

「まあ、仲良くしてください。

まもなく販売から落選の知らせが入った。

採用されたのは、鉄鋼グループが考えた、真空パイプで集める方法らしい」

「真空だと臭いは出ない？」

「分かりません。達人、知りたくもない」

「全然、気にもかけなかったが、何年たったか、はっきりしないが、新聞に小さな記事が載っていた。

神戸ニュータウンの真空ゴミ収集は、放置されっぱなしとあったと思うが、詳しいことは分からない」


「販売推進の大能部長が研修センターを訪ねてきた。

みなとみらい21横浜博覧会。会場内の輸送部門を提案し、受注できたと言う」

「たまが自動車は忙しいですね」

元気君は少し皮肉を込めたようだ。

「彼に、別会社の特装開発会社に相談したらと進言したら、彼は首を横に振って、逆に、頼むと、強く言う。もう一人賛成者、販売業務の機敏次長を引き入れていた。彼は生産管理の経験者で、その時から知った仲だった。

彼は横浜だから、やろうと言い出す。

大能部長に、メリットは何だ、区画の優先権でも取れるかと聞いても、生返事だ。

研修センターの人間一人では何もできない。結局、アドバイザーならやると言わされた」

「販売は度胸ですか、元気さん」

「販売も、開発も、度胸は両方とも必要でしょう。達人」

「アドバイザーでいいと言ったので、会合を持った。3人以外何人かいたが、若い人ばかりだったようだ。発言は主として大能部長。

提案してきて採用された内容は……。

主要道路を、大勢乗せて、ポイントAからポイントBの間を輸送する。ジャンボバス2台で対応する。

会場内を一人乗り、電動椅子車で自由移動できるようにする。乗り棄て自由とする。電動椅子車は30～40台造り、対応する。

予算はと聞くと、乗車券と、賛助会社からジャンボバスのボディーに貼りつける広告の代金を徴集して、間に合わせると言う。

彼には釘をさした。架装メーカーに対し、賛助だと言って、架装費を値引きするな。請求通り払えと念を押した。

バスボディーメーカーも、電動椅子車のメーカーも教えてくれと言うから、機敏次長と顔を見合わせた。

バスは新潟市の越北製作所。8トントラックシャシーを持ち込めば、キャブ外しも、ボディー架装もうまくやる。大きさの希望だけ言えば、判断して造ってくれる。越北製作所にすべてまかせること……。

電動椅子車はすでに軽自動車メーカーなどが発売している。数多く造ると、期日的に間に合わない、既製品を買うほうが早い。

色々、電動車に詳しいのは、実際に構内電動4輪車を製造販売している大鶴車体工業だ。

「あの頑固一徹社長の大鶴車体ですか。なるほど、そうだ、自社ブランド商品ですね」

元気君、憶えがいいところを見せた。

「大鶴車体工業に依頼する場合も、全面的に、まかせなさい。なんとかしてもらえると思う……と言った。

彼は動いた。すぐに問題が出る。電動椅子車40台の充電の場所を確保していなかった。彼にとって一番残念だったのは、運輸局が、会場内道路を、公道とみなしたこと。

電動椅子車は自由走行を認められず、一定の場所での仕切りの中で往復するようになった。

バス運行は、本職の運転手でなければならない。これは横浜市内路線を運行しているベテラン運転乗務員にお願いした」

「大変な仕事ですね。事務屋さん部長はよくやるな」

達人が感心していると……。

「達人、途中での感心は危険ですよ」

元気君は用心深い人だ。

「電動椅子車は、期日が間に合わないのでヨーロッパの製品を輸入し、手直しして間に合わせた。

バスも出来上がって、外見はべたべたと部品メーカー、タイヤメーカー、特装メーカーなどの、ステッカー広告で一杯になっていた。運転乗務員はバス会社の協力を得られた。大鶴車体工業はバッテリー充電の現場用員を、派遣してくれることとなった」

「乗車券の価格は、いくらですか」

達人が聞く。

「バスが200円、電動椅子車は300円くらいだったか。全費用を考えると、それでは赤字だろう、高くしたらと言ったら、自信がもてないと言って決められた」

「横浜博覧会は、今、観覧車が残っているが、たまが自動車は何を残しました」

元気君の質問だ。

「何もなかった。そして赤字だと言っていた。金額は知らない。協力会社から苦情がなかったので、請求した費用は、きちんと支払われたと思う。

大能部長は、しばらくして姿が見えなくなっていた」

「みなとみらい21横浜博覧会に現れなかったたまが特装開発は、どんな状況ですか、聞いています？　エンピツさん」

元気君はよく話を聞いている。

「時期ははっきりしないが、実践的社長と大型車設計部から来た、根神技術部長が一緒になって宇部市の山口公山㈱を、たびたび訪問していると聞いた」

「山口公山といえば、セメント生産で有名な会社だ。大きなセメント工場があった」

達人が大型トラックで、全国を走っていた経験から出た言葉だ。

「そう……。自前の専用道路があって、セメント原料を運んでいるほどの地元の実力会社だ。そのセメントを、大量に運搬しようと、要請に沿って、トリプルスを開発し、納入したと聞いた。トリプルスは公道を走れません」

「トリプルスとはすごいです。トラクタトレーラのようですけれど、ダブルスは、アメリカの映画で見たことがあるが」

「達人、ダブルスの意味も分からない。トリプルと言うからには、3連ということですか。エンピツさん」

「トリプルスは正直見ていません。想像ですが、超高馬力のセミトラクタが1台、牽引するセミトレーラが1台、同じセミトレーラにドーリーを付けたフルトレーラが2台の合計4台の連結車に思えます。回答に自信はない。

ここからが重要で、トラクタの高馬力化に限界があり、ドーリーに、エンジンやパワーラインを装備したと、噂が聞こえた。

山口公山は、専用道路だから、できるだけ大量のセメント原料を、トラック運搬で行ないたいと言った。総重量は100トン超えか。

それを技術的に完結したいと、後先考えずに技術者が突っ走ったとしたら、後始末が大変だが、開発者本人がやらざるを得ない。

トリプルスができて納入した。エンジンがトラクタにあり、ドーリーにもある。エンジン二つ合計で、例えば計算上700PS以上になる。

川崎工場も開発も応援したらしい。面白い話でもある。

実際は700PS出るか、あるいはエンジン同士が干渉して、どちらかが邪魔をするか、あるいは、故障が多発するか、実車テストで確認したい。しかし、特装開発会社は、未完成のトリプルスを、ユーザーに引き渡した。そして、トラブル続発となり、打開のため、実践的社長と根神技術部長は、二人連れ立って宇部へ出張せざるを得なかったと思われる。

しばらく音沙汰なしのあと、情報が入る。

実践的社長は、現役で亡くなった。根神技術部長は、胃を摘出し、退職後数年で亡くなった。内情は知る由もないから、死亡の事実しか分からない。

もうひとり、特装部で、50万円を切るキャンユーを一緒に考えたニヒルな男も、胃を切り数年後亡くなる。いずれも病気だ。

彼は特装部末期、特装別会社ができる直前、エンピツさん、販売の要望を断りすぎると言ってくれたくらい、率直な男だった」

「特装会社は、時間とともに変質して生き残るでしょう。仕事も広がるよりも、できることに縮まっていくと考えられる。人がいれば何とかなると言う、へらぽん部長の考え方だろうけれど……」

元気君の推測だ。

「エンピツさん、研修は順調ですか」

「大型車商品研修もパターンを同じにして募集し実施していた。研修生をゲスト扱い。『眠ってもいいですよ』で始まって、ブレーキの車間距離の話に重点をおき、設計マンと対話する。

設計マンは、言い訳を言うより、営業マンの声を聞くほうに傾いていく。

部長級の広原主管は自ら、積極的にフルカーゴ４ＷＤに乗って駆け付けてくれた。

彼が、開発役員になった頃だと思う。次期大型トラック、大型トラクタ開発に資するため、部員全員に販売会社およびユーザーを訪問し、聞き取り調査を展開するとの情報が入ってきた」

「大型トラック設計者が自分で扉を開け、自分の意思で耳を使い出したんですね」

「元気さん、象牙の塔に耳がついたと言ったら、おかしい？」

「達人、うまいことを言うね」

「エンピツさんは、うまくやってる？　研修センターで……」

達人は機嫌がよさそうだ。

「乗用車の販売が、うまくない。たまが自動車の飯の種は、最大積載量別で表すと、2トン、3トン、4トン、8トン、10トン、12トン、15トンが単車、それ以上はトラクタ・トレーラとなり、切れ目なくある。全長は、小型サイズの4・7mから12mまでが単車、それ以上がトラクタ・トレーラ連結車、これも揃っていて、切れ目なく応じられる。しいて言えば中・大型バスが加わる。

乗用車は最後の頑張りをみせ、発売された。

ジキニのモデルチェンジ車は3ボックス・セダンと、2ボックス・ハッチバックの2系列だった。

塗装仕上げは非常によくなっており、宝石の輝きを見せていた」

「乗用車は、塗装がいいと大事にする。ところで、全長4m以下は維持されていた？」

達人も鋭い質問をする。

「セダン、ハッチバックとも長くなっていた。車格は、上位を狙ったと考えられる。

社員がこの車に期待を込めるのは、当然だと思う。

研修センターでも、最長老の部品研修リーダーが、FFジキニ・セダンを買いたい、どうだろうと聞きにきた。

たまが自動車の乗用車は1年待ったほうがいいと言った。が、彼は買い替えの時期でもあり、最後のご奉公だと言って、直ちに買った」

「エンピッさんは、高知たまが自動車の社長から責められたのが、忠告となって出たんだ」

「それだけかな？　達人。ほかにも理由があるでしょう。エンピッさん、この際、思い切り聞かせてください」

元気君は、エンピッ君に注文を付けた。

「買った翌日、最長老リーダーが急いで寄って来て、エンピッさんの言う通りにすればよかったと言った。なんでと聞くと、全然走りが悪い。アクセルを踏む角度でギクシャクすると言う……」

「燃料を絞りすぎでしょう……」

「なぜ絞るの？　まさか燃料の節約？　達人」

「それはない。走りが良くないのは、大体燃費が悪い。エンピッさん、実際はどうなの？」

「本当の理由は、開発しか分からない。憶測だけど、たぶん排気ガス対策が、順調にいかなかった。モードごとの摺り合せが、どうだったのか……やっぱり分かりません。

最長老リーダーは、言うことを聞けばよかったと繰り返し言っていた」

「お客さんが、運転して良くなかったら、取り返しがつかないね」

達人は自分が運転している心境のようだ。

「この時期ですか、たまが自動車が乗用車の全面撤退を決めたのは……」

「元気さん、そうです。時期は、はっきり覚えていませんが、新型ジキニの不振が、乗用車撤退の引き金になったのは確かです」

「塗装が良くなったのに残念だな」

達人は相変わらず、たまが自動車ファンだ。

「社長は、撤退の決心を、全社員に届くように話した？」

元気君の質問だ。

「話しました。ディーゼル社長から、シャープで歯切れのいい社長に替わり、さらに背の高い鋭い目付きの社長の新任に合わせて、乗用車の撤退を表明した。技術屋が続いた社長の座は事務屋に引き継がれた。

講堂に幹部社員を集め、背の高い鋭い目付きの新社長は、乗用車生産から、全面的に撤退すると力を込めた。さらに、社内に、出る杭を打つ、ではなく、引っこ抜く風潮がある、と言ったように覚えている」

「新社長は、これから大変だ。藤沢工場の乗用車関係者の活用を考えないと……」

「達人、販売会社も大変だ」

「元気さん、結局、社員が大変だ。全国のたまが自動車関係者全員が、影響を受けるのは避けられないですね。研修センターは、影響を受けた？　エンピツさん」

「影響はすぐ出ないが、定年まであと1年余り、中央たまがモーター㈱に、出向辞令がきた」

「もうそんな年齢だったんだ。役職は？」

元気君は役職にこだわっていた。

「中央たまがモーターの常勤監査役です」

⒄ 躍動する素敵な小型販売店

老人ホーム施設の入所者は、適宜、ゾンビ医学博士・施設長の健康診断を受ける。運転達人、本音元気君それにエンピツ君の三人は、診察を無難に終えた。

「ゾンビ・施設長は、元気だね。ゾンビのニックネームが、ますますピッタリだ」

「ゾンビ・施設長は、車関係三人部屋が、明るい雰囲気だなあ、と言っていた」

「それは、あんた、エンピツさんの話の効果でしょう……」

「研修センターを離れる際、長高所長は、今までに作成した、商品マニュアルをまとめ、一冊のハードカバー本を作って、渡してくれた。今でも大切にしている」

「いい所長だね。次の販売会社もそうだといいね」

達人はやさしい人だ。

「中央たまがモーターの本社は、千葉県松戸にある。ショールームは、いかにもショールームらしく、お客さんが入りやすいように思えた。裏はサービス工場で、テキパキとメカニックが働いていた。

役員は、堅実社長、筆若常務、有修取締役、仙松取締役の４名。ともに商社出身者だ。

取扱商品は、乗用車と小型トラック。

営業所は、松戸本社、成田営業所、佐倉営業所、柏営業所、これらは指定工場となっている。あと市川営業所、中古車センター、部品センターがある。しっかりきちんとした販売会社である。大型トラックは扱っていない。

「指定工場とは何ですか」

元気君の質問。

「元気さん、指定とは乗用車など、公的車検場に現車持ち込みなしで、書類だけでナンバープレートが交付される資格のことです」

「そうか、それなりの自己検査能力をもっている営業所ですね」

「元気さん、分かりが早い、さすがです。エンピツさん、何から仕事をしました？」

「前の白いＦＲジキニを下取りにして、赤いＦＲフルカーゴに買い替えた。両方、ディーゼルだ。燃費は良かった。マニュアル操作、走りも楽しめた。両方とも開発に苦言を言った車だ。

中央たまがモーターのサービス工場に、数人の入社希望メカニックが配属された。その中の一名が、現場作業に向いていない。怪我しそうで、ほかのメカニックにも危険が及ぶ。社長自ら、彼の仕事ぶりを見て、すぐ行動を取った。今退社を承諾してもらえば、履歴に傷が付かない。幸いにも親は地元だったので、堅実社長は、親元に飛び、若者を無傷で退職させた。始末の早さに驚いた」

「経営はスピードも大事なときもあるんだ」

達人は言う。

「決断を支える情報が、よく入るんでしょうね」

元気君の見方だ。そして続けた。

「今度は、もう、書くことは必要ないでしょう？　エンピツさん」

「手が、無意識に動くと思うな」

と、達人。

「手書きは止まりませんが正解。研修センターの長高部長からは、4トントラックマニュアルの作製を依頼されていた。トラックの商品研修も、少し続けた。

一方、堅実社長を中に、役員会、拠点長会議が行われ、常勤監査役も出席が許された。

その時の発言を可能な範囲でメモし、堅実社長に、文字の間違いを修正していただいた。

それから、出席者全員および拠点長、幹部社員に配った。

たまが自動車本社には、販売部長、販売担当員、研修センター所長、それから人事部長に送った。宛先は全部、個人名をも、記載して出す」

「なぜ、メーカー人事にも送るの？」

と、達人。

「中央たまが自動車は、もう一人、非常勤監査役がいて、それが人事部長だ」

「なるほど、初めてメモが送られた人は、びっくりしただろうね。見ないで、棄てる人もいるかも……」

元気君の見方だ。

「会議では、たまが自動車から出向した、若い販売員の実績なども、拠点長から知らされる。

メモには、月7台、4WDキックホンを売った話題も入れた」

「月7台、SUVを売るのはすごいね。エンピツさん」

「達人、そうだ。全国たまが販売会社の中でもトップクラスだったと思う。しばらくして、たまが自動車の販売で彼が働いているのを見たのを覚えている。

ある時、有名な、パリ～ダカール～パリラリーで優勝を果たした、男性ドライバーと女性ナビゲーターの2人が、講演に来るという。車は、SUV4WDキックホンだ。

クラス別の内容は……。

市販車で、無改造、乗員は男性・女性ペアで全行程を走り抜く過酷なラリー」

「二輪車クラスやトラッククラスもあるラリーで、危険な目にも遭うと言われている……」

達人はやはり車好きなのだ。

「長い会議で、会議室は社員で一杯になった。たまが自動車からも、宣伝部長と販売担当員が来た。手書きメモは、講演内容を100％書き留めるのは無理、せいぜい30％くらいが相場。

手早く、ワープロで打ち直して、全社およびたまが自動車本社に送る。宣伝部長・販売担当員にも送った。A4用紙で3ページのメモだったと思う」

「そうか、手書きメモは、むしろ手早く配布できるようだね？」

元気君はなぜレコーダーを使わないのか、分かった気がしたようだった。エンピツ君は、彼の言い分に応ぜず、話を続けた。

「帰った販売担当員は、メモを販売会議で披露したと聞いた。メモは、引っ張りだこだったと言っていた」

「全国の販売会社に、広まったのは確かでしょう。乗用車を売っている販売員は、元気をもらったと思う」

元気君は自信満々の言い方だ。

「しかし、元気さん、たまが自動車は乗用車の全面撤退を決め、発表した。影響は、中央たまがモーターにも及ぶ。仕方のないことだ。

中央たまがモーターは、新東京たまがモーターに合併吸収されることとなる。人事異動がからむはずだから、たまが自動車の資本が入っている販売会社は、同時に改革の波を受ける。中央たまがモーターも例外ではない。

役員はいったん全員退任となる。

堅実社長は最も忙しい日々を走る。

まもなくいったん退任をした役員の処遇が堅実社長から知らされる。

筆若常務管理本部長――京葉たまがモーター常勤監査役
有修取締役サービス部長――京葉たまがモーター取締役
仙松取締役営業部長――たまがモーター東京取締役千葉ゾーン長
堅実社長自身は――たまがモーター東京副社長

「エンピツさんはどうなった？」

達人の質問は元気君にも、気になっていたことのようだ。

「年がオーバーだから、退任のままで、当然でしょう……」

「ふーん、中央たまがモーターの役員は、全員、生き残り、再出発できたんだ」

元気君は改めて、うなずく。


しばらく3人の沈黙が続き、エンピツ君は窓から、世界遺産の富士山を眺めていた。

その時、ゾンビ施設長、介護士、看護師の3人が部屋に入ってきた。

ゾンビ施設長のあとには誰かがいるらしい。

看護師が、はずむ声を出した。

「エンピツさん、あなたの孫娘さんが面会に来ました」

ゾンビ施設長が皮肉を言う。

「エンピツ君に似てなくてよかった。可愛いい娘さんだ」

エンピツ君は突然の出会いだったので戸惑っていた。

「加乃子、ブレーキはちゃんと踏めたか、車間距離は、ちゃんと取ったかい」

「十分距離を取ったわ、今の乗用車、自動ブレーキが付いてるから、安全でしょう?」

加乃子は反論する。エンピツ君は攻めをやめない。

「自動ブレーキ? それに頼りすぎるのが一番危険だ。よく覚えておけよ、加乃子」

「孫娘さん……加乃子さんは用事があって来たのでしょう。エンピツさん、話を聞いてあげなけりゃ……」

元気君はエンピツ君をたしなめる。

「おじいちゃん、聞いて……。

たまが自動車の研究部OB会から、OB会開催案内の通知状が、メールされてきたわよ。どうします。おじいちゃん……」


(完)

あとがきに代えて

私が自動車メーカーに勤め始めたころは、それまでの三種の神器（白黒テレビ・洗濯機・冷蔵庫）に代わって新三種の神器の時代、すなわちカー（自動車）、クーラー、カラーテレビの3Cを所有することが高度経済成長時代の庶民の夢であった。

もちろん高度経済成長時代は、必ずしも経済発展という光の面だけでなく、公害など社会的問題の影の部分も内包している。が、良くも悪くも、世の中に活気がみなぎっていたことは確かである。

1958年、高度経済成長期の真っ只中、自動車メーカーに技術屋として就職した私は、1995年に定年退職するまでの37年間、クルマと関わりながら過ごしてきた。その足跡を、文字通り「轍《わだち》の声」と題して小説風にまとめてみたのが本書である。

したがって、登場する各メーカーの名称や車名は仮名にさせていただいた。ご了承いただきたい。

小説とはいえ、乗用車からトラクタまで様々なクルマをとりあげ、安全走行から、エンジン、ブレーキにいたるクルマの構造上の安全性まで触れた本書は、クルマ好きの方にはたまらなく興味をそそられると思う。

また、自動車メーカーに在職中、技術職から販売部に異動したりの、突発人事や、厳しい注文・クレーム、度重なる異動・出向という職場環境の中でのビジネス体験が、今を懸命に働く人々に少しでも参考になれば、このうえない喜びである。

そして、高度経済成長時代にかけずり回っていたサラリーマンたちの姿が、英気と活力を取り戻すきっかけになればと思う。

TASKY

2014年　初夏

著者プロフィール
多数奇異（タスキー）
本名・瀧澤 荘祐（たきざわ そうすけ）
昭和10年１月18日、東京都生まれ
昭和33年、日本大学工学部機械工学科航空専修コース卒業後、
いすゞ自動車に入社。平成７年、定年退職
神奈川県川崎市在住
著書に『多摩川の竜』（2008年、文芸社刊）がある

轍《わだち》の声

2014年11月15日　初版第１刷発行

著　者　多数奇異
発行者　瓜谷 綱延
発行所　株式会社文芸社
〒160-0022 東京都新宿区新宿1－10－1
電話 03-5369-3060（編集）
03-5369-2299（販売）

印刷所　株式会社フクイン

ISBN978-4-286-15569-2